KEITAI SHOUSETSU BUNKO SINCE 2009
野いちご

きみに、好きと言える日まで。

ゆいっと

JN167578

○ STARTS
スターツ出版株式会社

カバーイラスト／沙藤しのぶ

「──もう、……来ないでほしい……」

あの日、きみは
どんな気持ちで
あたしを冷たく突き放したのかな
苦しいのはきみだったのに
少しも力になれなくて
ごめんね

何度も言いかけて
何度も諦めかけた
《好き》
それでも、きみを想いながら
ずっと待ってる

──きみに、「好き」と言える日まで。──

contents.

プロローグ　　　　　　　　6

第1章

きみの手と声　　　　　　12

グラウンドのきみ　　　　22

恋する運命　　　　　　　33

握り返した手　　　　　　49

第2章

きみの横顔　　　　　　　60

迷える校外学習　　　　　81

懸ける想い　　　　　　　108

跳ぶ意味　　　　　　　　121

第3章

意地悪な神様　　　　　　140

秘密の時間　　　　　　　158

会いたい　　　　　　　　165

闇の中　　　　　　　　　178

第 4 章

見てはいけないもの　194

目をそらせない現実　211

"彼女"のために　227

偽りの唇　245

第 5 章

振りだしの春　254

きみを忘れる魔法　262

復讐の果てに　271

勇気と決断　292

第 6 章

伝える意味　306

ラストチャンス　314

きみが、好き　324

あとがき　336

プロローグ

　——きみが、好き。
　だから、
　いつの日か必ず
　きみに『好き』と
　伝えに行きます。——

「わっ、もうこんな時間……」
　時計を確認すると、夕方の6時だった。
　空はすっかりオレンジ色。
　部活に励む生徒たちも部室へ引きあげたみたいで、外は静か。
　高校に入学して1週間。
　まだ右も左も分からないあたしが、こんなに遅くまで学校に残っているのには、やるせない事情がある。
　日直だったあたしは、担任に書庫の整理を頼まれた。
『ごめんね、俺、お腹が痛くなっちゃってさ』
　そんなベタな嘘で、相方の男の子は逃亡した。
　先生に告げ口すらできず、お見舞いの言葉まで掛けたあたしは、お人よしっていうか小心者っていうか。
『大丈夫？　早く帰って休んでね……』
　——埃っぽい部屋の中で、文句も言わずにひとりで作業していたんだ。

県立緑ヶ浜高校。
　施設の整った私立高には負けるけど、部活が盛んな高校。
　何部に入るかは、まだ迷っている。
　そんなあたしがこんな時間まで学校にいるなんて、予定外もいいところだし。早く帰ろう。──と、
「あ……」
　靴に履き替え外に飛びだしたあたしの足に、なにかが当たった。拾いあげると野球のボール。
　……グラウンドからかな？
　昇降口の隣側にあるグラウンドへ、回れ右をして。
　手のひらからボールを零したとき。
　タッタッタッ──。
　どこからか足音が聞こえ、顔を上げた。
　グラウンドの隅に設置された、高跳びのバーへ向かって走りだす男の子が目に映る。
　熱が冷めたあとのグラウンド。
　そこには彼ただひとり。
　影を帯びていて、顔はよく見えない。
　──次の瞬間。
　最後の一歩を……力強く踏みきった。
　それは、体を高く浮遊させて。
　綺麗に反り返った背中は、バーの上スレスレで湾曲線を描いた。
　……スローモーションを見ているようだった。
　バーは振動すら起こさない。

完璧に計算されたバーとの距離。
　まったくブレない体は、そのままマットに沈み込む。
　彼は仰向けに倒れたまま、しばらく動かなかった。
　両手を広げながら。
　……まるで、空をひとりじめにでもしているみたいに。
　あたしは心と目を完全に奪われ、瞬きをするのも忘れてその場に立ちつくす。
　彼の背中に羽が生えた。
　オレンジ色の空に溶け込んで行く、1羽の鳥。
　あたしには、そう、見えたんだ。

　どのくらいこうしていたんだろう。
　気づけば陽は完全に沈み、辺りは真っ暗になっていた。
　いつの間にかバーも片付けられていて、自分がグラウンドの隅に佇んだままだったことを知った。
　……か、帰ろう。
　なにをしていたんだろう……と、我に返ったあたしより一足先にグラウンドを出たのは、別の影。
「……見てた？」
　低い声を放つ白いTシャツの背中は、数歩先で足を止めた。
「……っ」
　多分、さっきの彼。
　盗み見していたのがバレちゃった。
　……いけなかったかな。

低い声に怖さを覚えた。
　すごいですね、とか、感動しました、とか言って許してもらう？　けれど、声を出したのは彼の方が早かった。
「……内緒な」
　振り返り、柔らかく告げたその口に、人差し指をそっと当てて……。

第 1 章

きみの手と声

　それから１年後——。
　緑ヶ浜高校のグラウンドは、今日も朝から活気づいていた。
　あたし、羽鳥(はとり)まひろは高校２年生になった。
　テニス部へ入ったあたしは、グラウンドの奥にあるコートで朝練に励んで……。
「まひろっ！　前っ！」
「えっ……」
　バシッ——!!!
「……っ」
　目の前に火花が散った。
　飛んできた先輩のサーブが、顔面を直撃したんだ……。

　朝練が終わって。水道の前でしゃがみ込むあたし。
「……ったくもう。結構腫(は)れてるから、ちゃんと冷やさなきゃダメよ」
　赤く腫れたおでこに濡(ぬ)らしたタオルを押し当ててくれるのは、クラスメイトで親友の、紺野(こんの)凛(りん)ちゃん。
　まだフラフラしていたあたしは、凛ちゃんに手を引かれながらここまでやって来た。
「痛っ、いたたた……」
　手荒い手当だ。

どうせなら、もうちょっと優しくしてほしいな。
　……とは言えず、あたしは歯を食いしばる。
「もう……、朝からどこ見てんのよ」
　凛ちゃんは、大きく溜息をついた。
「ごめん……」
「別に謝らなくてもいいけどさ。まひろの病気も困ったもんだよね」
「ううっ……」
　……病気って。
　凛ちゃんも言うよね。
　凛ちゃんはポニーテールがよく似合う、とってもサバサバした活発な女の子。
　去年はクラスが違ったけど、同じテニス部が縁で仲良くなったんだ。
「ほら、こんな顔じゃ教室行けないでしょ？　もっと顔上げて」
「……うん」
　実際、あたしは病気でもなんでもなくて。
　ただ、好きな人の姿を探していただけだもん。
　……部活中に、することじゃないけどね……。
　それにしても痛すぎる。
　頭の中、おかしなことになってないよね？
　尋常じゃない痛みに本気で不安になっていると、男の子がふたり、寄って来た。
「まひろちゃん、ついに凛の鉄拳喰らっちゃった!?」

「暴力反対！」
　ジャージ姿で、ひとりは胸にサッカーボールを抱えている。
　どうやら、朝練を終えたばかりみたいだけど……。
　えっと……。
　今のクラスになって３週間。
　あたしはまだクラスメイト、とくに男子の名前と顔が一致しないんだ。
　……まあ、いいや。
　面白いことを言う人達だな、なんてのん気に思っていると、凛ちゃんが手を振りあげた。
「瞬も拓弥も！　１回ヤキいれないと分かんないかなっ！」
「うわ……っ」
「すみませーんっ！」
　途端にふたりは、くもの子を散らすように逃げ始めた。
　瞬くんは、手に持っていたサッカーボールを放り投げて。
「コラッ、待てーっ！」
　凛ちゃんは、そんなふたりを容赦なく追いかけていく。
　ふふっ。
　相変わらずだな、凛ちゃん。
　男勝りな凛ちゃんは、男友達がものすごく多い。
　だからあたしまで便乗して、名前で呼ばれることが多いけど、それにはまだ慣れないんだ。
　グラウンドで鬼ごっこ状態になっている３人を笑いながら見ていると、後ろからあたしを呼ぶ声が聞こえた。

「まーひ」
　──トクン……ッ。
　胸が高鳴った。
「……っ」
　後ろから冷たい手で目隠しをされて、あたしはその場に立ち尽くした。
　ドキドキッ……。
　さらに激しく胸が鳴った。
　……この手が、誰のものか知っているから。
　微かに鼻をかすめる土の匂い。
　あたしはこの匂いが、大好き。
「お願い、まひ。数学の課題見せてくれないかな。俺、今日当たるんだ」
"まひ"。
　彼だけがこう呼ぶ。
　顔と名前が一致しない人ばかりなのに、彼の声は一発で分かる。
　あたしの前へ回り込んで『この通り！』と両手を合わせて頼むのは。
「……耀くん」
　八神耀太。同じクラスで、隣の席の男の子。
　ジャージ姿で、少し息を切らしている。
「……課題、忘れちゃったの？」
「ああ。帰ってベッドに倒れ込んだら記憶がなくなって、気づいたら朝だった」

「ふふっ」
　耀くんらしくて笑えた。
　……部活、大変そうだもんね。
「うん。いいよ」
　耀くんは陸上部。
　拓弥くんと共に、短距離走者として日々汗を流している。
「良かったー。サンキューな、まひ」
　とにかく部活が大好きでたまらない。
　あたしの目には、そう映っている。
　放課後になると、誰よりも真っ先にグラウンドへ飛びだして行くから。
　……まだ４月なのに、日に焼けたその顔がいい証拠。
「今度お礼するから。なにがいいか考えといて！」
「うん」
　焼けた肌から零れる白い歯。
　この笑顔も、あたしは……好き。
「あれ……」
　ふと。
　その顔が一瞬曇って、
「ここ、どうしたの？」
　あたしのおでこに、触れた。
「あ……、えっと……」
　目の前の耀くんにドキドキしているくせに。
　だけどこの傷は、耀くんを追っていてついたんじゃない。
　それが、後ろめたい。

「ぼーっとしてるから……。またよそ見してたのか？」
　耀くんは呆れたように言うと、クシャクシャっとあたしの頭を撫でた。
　そんな仕草がたまらなく嬉しい。
「へへっ……」
　あたしを分かっているふうに言ってくれる所が、くすぐったいんだ。
　痛みも一瞬忘れて、笑顔になる。
「そこがまひらしいけどなっ！」
　耀くんは、クラクラしちゃいそうな眩しい笑顔を惜しげもなく見せると『あとで！』そう言って、部室棟へ走って行った。
「……うん」
　そんな耀くんの姿を、目で追う。
　Ｔシャツから伸びたたくましい腕。
　お日様にも負けない笑顔。
　……声。
　全てに。
　まだドキドキしてる。
　あたし、やっぱり……、耀くんが好きなのかな……。

『アンタ、いい名前だね』
　２年に進級した初日。
　そんなふうに話しかけて来た人がいた。

……耀くんだった。

　それが、あたし達の出会い。

　いい名前……なんて、あたしはピンとこなかった。

　だって"まひろ"という名前は、自分でもあんまり好きじゃなかったから。

『そんなこと言われたの初めてですけど』

　あたしは顔を上げた。

　もしかしたら、からかわれているかもしれないし。

　少し強気で。

　すると、耀くんは驚いた目であたしを見ていた。

　え……？

　なに？

　あたしの顔になにか付いてる？

　そんな反応に、あたしは驚いた。

　ジィーと突き刺さるような視線に、ドキッとした。

　少し日に焼けて、黒くて大きい瞳が印象的な彼。

　そんなに見つめないで……。

『あ……、いや…』

　耀くんはそれっきり口を閉ざすと、気まずそうに目をそらし、隣の席に座った。

　……なんだろう。自分から話しかけて来たくせに。

　なにかを期待していたわけじゃないけど、ドキッとして損したな。

"変な人"
　でも、そんな第一印象は、すぐに変わった。
　明るくてクラスのムードメーカーで。
　困っている人を放っておけなくて。
　放課後になると、一番にグラウンドに飛びだすくらい部活が大好きで。
　顔中をクシャクシャにして笑う所とか。
　全然カッコつけない自然体な所とか。
　好きにならない理由が見つからない。
　すぐ、耀くんに惹かれて行った。
　それでもあたしには……。
　ずっと想い続けてる人がいるんだ……。

【耀太】
「位置について──」
　白線の手前。
　クラウチングスタートの構え。
　必ず……、この１年の成果を出してやる。
「よーい」
　飛びだす方向だけを真っ直ぐに見て。
　高く腰を上げた。
"──パンッ"。
　今度は、風になれっ……。
　……白線というゴールを、ただ目指して。

「……っ！」
　そこへ飛び込むようにして、駆け抜けた100メートル。
「……ハァッ……ハァッ……」
　転がるようにして倒れ込んだ。
　今ある俺の力、全てを出しきった。
　俺は陸上部、短距離界のエース……ではない。
「耀太は相変わらずタイムが伸びないわね。これじゃ17歳男子の平均。それでも陸上部？」
　……うるせぇ。
「もうすぐ新入生も入ってくるのに、どうにかしなきゃね」
　……余計なお世話だ。
　ストップウォッチを持ったマネの千夏先輩が、俺の真上で笑う。
　……笑いごとかよ。
　言いたいことだけ言いやがって。
「クソッ……」
　俺だって、一生懸命やってんだよ。
「今に見てろっ」
　掴んだグラウンドの砂を、千夏先輩の足に投げつけた。
「うわっ、やめなさいよ!!」
　千夏先輩は、飛び跳ねながら砂をよけると、
「……ねぇ耀太。長距離に転向も考えてみない？　そっちの方が伸びると思うわよ？」
「…………」
「または……」

言葉を溜（た）めたあと、少し気まずそうに視線を合わせた。
　その口が再び開く寸前、
「先輩は、その減らず口をどうにかした方がいいんじゃないっすか」
　その先なんて言わせねぇ。
　嫌味を一発お見舞いすると、俺はスタートラインまで駆けて戻った。

グラウンドのきみ

「やーっぱアンタ達って、お似合いだよねっ」
　放課後。
　凛ちゃんと一緒に、テニスコートの中。
「そんなことっ……」
「あるー。あるあるあるー」
"アンタ達"とは。
　あたしと耀くんの仲。
「耀太は、絶対まひろに気があるよ」
　凛ちゃんはどうしても、耀くんとあたしをくっつけたいみたい。
　今朝の一部始終も、凛ちゃんは何気に見ていたんだとか。
　あとで、思いきり冷やかされたんだ。
「そうかな……。でも、あたしには……」
「別に本命がいる。でしょ？」
　そう。
　あたしには、ちゃんと好きな人がいる。
　でも、耀くんといてもドキドキするのは確か。
　だから、耀くんのことも好きなのかもしれない。
　こんなのって、おかしいかな……。
「ハイジャンの彼ね」
「……うん」
「名前も顔も知らない人が好きだなんて、おかしいよ」

「だってぇ……」
「去年３年生だったらどうするの？　もう卒業しちゃってるんだよ？」
「そうだけど……」
　耀くんと喋っていると、ドキドキする。
　それでも。
　あたしは"あの影"が忘れられなかったんだ。
　鳥のように、ハイジャンを跳んだ彼を……。
「いい加減諦めなって」
「……うーん……」
　……あの出来事があったすぐあと、あたしはテニス部へ入った。
　女子がグラウンドでできる部活は、陸上部かテニス部だけ。
　走りにはまったく自信がなかったし、テニス部を選んだのは自然ななりゆきだった。
　……もちろん、"彼"の正体を見つけるため。
「そっちはいいから、こっちを見なさいよ！」
　今日もハイジャンを見ていると、凛ちゃんにほっぺをつねられた。
　目線の先には。
　ちょうど、ダッシュの練習をしている耀くんがいた。
　走り終わって。
　苦しそうに顔を歪めながら、マネージャーさんに砂を投げつけていた。

……耀くんらしくないな。
　タイム、悪かったのかな。
　ハイジャンの彼も気になるのに、今日は無性に耀くんが気にかかった。

【耀太】
　青い空。
　白い雲。
　立ち上る埃。
　土の匂い。
　夕陽に伸びる影……。
　その全てが、俺を高揚させる。
　——そんなグラウンドが、大好きだ。

「耀太。おまえこのまま短距離やっていく気？」
　練習が終わったあとの部室。
　着替えている最中、拓弥が妙なことを言いだした。
「なんだよ、急に」
　汗でべたつく体。
　タオルで一拭きしたあと、趣旨の分からない質問に疑問符を投げかけた。
「俺がいる限り、短距離でトップにはなれないぜ？」
　冗談めかして笑った拓弥に、ほんの一瞬だけ真顔になる。
「……知ってるよ」

そしてすぐに表情を戻し、汗で濡れたTシャツを乱暴に脱いだ。
　別に。
　もう陸上で、トップになろうだなんて……。
「短距離やってて楽しいか？」
「…………」
「チラチラ向こうばっか見てるくせに」
「…………」
「短距離なんてやってるタマじゃないだろ」
「…………」
「……本当は、もう跳べるんだろう？」

"八神の背中には羽が生えている"。
　いつのころからか、誰もがそう言い始めた。
　陸上を始めたのは、小学１年生のとき。
　学生時代に陸上をやっていた父さんに連れられて、高校の地区大会を見に行ったのがきっかけだった。
　誰もが花型の短距離走に注目している最中、俺は違った。
　フィールド内で行われていた、走り高跳びに目を奪われた。
　ステップを踏むように助走し、フワリと宙を舞い、しなやかにバーに沿って湾曲を描く体。
　空と真正面に対面し、綺麗にマットに沈み込む。
　そんな一連の動作が、自分自身の気持ちいい所に突き刺さり、目が釘付けになる。

あんなふうに跳べたら、どんなに気持ちがいいだろう。
　それが俺と走り高跳び……"ハイジャン"との出会いだった。

　それから俺は、ハイジャンにのめり込んでいく。
『お前にはセンスがある。インターハイ。いやオリンピックだって目指せる選手になるぞ!!』
　コーチにもそう言われ、すぐに頭角を現した。
　ライバルなんていなかった。
　鳥人の名をほしいままにし、跳べば跳ぶだけ記録を更新した。
　周りからの注目度もハンパなかった。
　中学のグラウンドには、いつもスカウトや記者が集まっていた。
　高校の推薦(すいせん)もほぼ決まっていたとき。
　悪夢が襲った。
　全国大会への切符を懸けた試合当日。
　まさかの怪我(けが)。
　……羽なんて生えてねぇ。
　……鳥なんかでもねぇ。
　ただの。
　……人間だったんだ。
　それも、ものすごく弱い。
　一度も挫折(ざせつ)を経験したことのない俺。
　すぐに心が折れた。

リハビリも思うように進まない。
　復活は無理だ……って。
　他でもない、この俺がそう思った。
　高校推薦の話も流れ、俺はハイジャンをやめた。
　悔しくて悔しくて。
　腐って腐って腐りまくって。
　二度と、フィールドになんか立つもんかっ……！
　聖地であるグラウンドに、唾を吐いた。
　高校は、同じ学校の奴があまり行かない、少し遠くの所を受験した。
　部活は……サッカー部への入部届けを書いた。
　サッカーなんてしたことない。
　新天地で、まったく別のことをしたかっただけ。
　……陸上を……やりたくなかっただけ……。
　入部届を握りしめ、サッカー部の部室の前に立つ。
　ノックしようとしたとき。
　隣の部室から出て来たのは。
『斉藤のおかげで、一気に緑ヶ浜の名前が全国区になるな』
『部員も増えるぞ。この部も安泰だ！』
　……陸上部のメンバーだった。
　気まずくて、下を向いたとき
『あれ……八神か!?』
　話題の中心人物にいた〝斉藤〟が、俺に声を掛けて来た。
　そいつの顔を見て、俺は驚いた。
　斉藤拓弥。

中学で陸上をやっていて、彼を知らないヤツはいない。
　県大会優勝経験も持つ、有名な短距離トップ選手。
　中学時代は大会で何度も顔を合わせた。
『どうしてここへ……』
　こんなに実力のある奴、絶対に陸上の強い高校へ行くと思っていた。
　俺の質問に、拓弥は屈託のない笑顔であっさり言ってのけた。
『彼女と同じ高校に入りたくてさ』
　……なんか笑えた。
　なんか、気が抜けたんだ。
『じゃあお前も陸上部だろ？　あの八神と一緒にやれるなんて光栄だな』
『えっ、あ、ああ……』
　手の中にあった入部届を、クシャッと丸める。
　一瞬の判断だった。
　陸上の血が騒いだんだ。
　コイツと一緒に、陸上をもう一度やりたいって……。

　種目は、ハイジャンではなく短距離を選んだ。
　もう見るのも嫌だったハイジャンのバー。
　入部してすぐのころ、部員達が去った夕暮れのグラウンドで。
　一度だけ、跳んでみた。
　これが、最後の跳躍だと心に決めて。

体は覚えてた。
　　ちゃんと跳べた。
　　嬉しかった。
　　マットの上から見た空を、しばらく目に焼きつけた。
　　すっげー懐かしくて。
　　泣きそうになった。
　　それでも。
　　俺はハイジャンを封印した。

「……だろ？」
　　拓弥の声が俺を現実に引き戻す。
　　そうだ、跳べるさ。
　　だけど。
「……だ」
「……ん？」
「こえーんだ……」
　　乱暴に閉めたロッカーの扉。
　　当てた拳が小刻みに震えた。
「ハイジャンに夢中になって、またのめり込んで行く自分が」
　　俺は、口にしたことのない弱音を吐いた。
　　今まで誰にも言ったことのない気持ちを、どうして拓弥に出せたのかは分からないが。
「……耀太？」
「……次は……もうないから……」

あのときの苦しみはもうたくさんだ。
　　部員は、腫れものに触るように俺を見て。
　　跳べない俺には、誰も用がなくなって。
　　跳べなくなった俺の居場所は、どこにもなくなった。
"八神、もう跳べねえらしいぜ"
"推薦もパーだってよ"
"所詮(しょせん)アイツも人間だったか"
　　二度とハイジャンなんて。
　　ハイジャンなんかやっていなければ……。
　　怪我はもう完治している。
　　跳ぼうと思えば、跳べる。
　　けど……。
「なんだ、そんなことか」
「……そんなことかってなんだよ……」
　　ムッとして、感傷に浸っていた糸もあっさり切れた。
　　この状況。
　　……嘘でも慰(なぐさ)めるだろ。フツー。
「耀太って、意外と肝(きも)っ玉ちーせーのな」
「……上等」
「そんな腰抜けだったとは」
「なんだとっ……!?」
　　カチンと来た。
　　県大会で優勝したくせに、こんな無名の高校に入りやがって。
　　そんな拓弥に、俺の気持ちなんか分かるわけない！

「挫折したことねーお前には分かんねぇよ！　実力あるくせに、女にうつつ抜かしてお気楽に陸上やってるお前には！」
　やりたくたって……！
「なにカッコつけてんだよ」
「……っ」
「耀太。おまえ、誰のために跳んでたんだ？」
　拓弥の声が、うるさい。
　そんなの。
　……考えたこともねぇし。
　記録が出るたびに周りの期待は高くなって、それに応えてやろうと必死になった。
　……誰のためか、なんて……。
「自分自身のために跳んでみろって」
　ひどいことを言ったのに、今日も拓弥は笑っていた。
「そしたら失うモンなんてなにもない。いいじゃん。自分が楽しけりゃ」
　そう言って笑った拓弥の顔は、心の底から陸上を楽しんでいるように見えて。
　素直に羨ましいと思った。
「結果？　それがなんだよ。意地もプライドも捨ててさ。好きだったらなにも考えずに、ただ跳べばいいんだよ」
「…………」
「期待もプレッシャーもなにもない世界。案外いいかもしれないぞ」

がむしゃらに白いバーに向かっていた、ガキのころを思いだす。
　なにも考えていなかった。
　ただ、好きだった。
　鳥になりたいと思った。
　空と話がしたいと思った。
「跳べよ。な」
　……拓弥はいつだって、俺の気持ちを簡単に持って行く。
　……もう一度だけ。
　飛び込んでみようと思った。
　ハイジャンの世界に。
　一から。
　……ハイジャンに憧れて、ただ夢中になっていた、真っ白な地点から。

恋する運命

　見つけた。
　あたしは遂(つい)に見つけてしまった。
「ちょ……、凛ちゃん！」
　凛ちゃんのジャージを引っ張る。
　横切ったのだ。
　いつものように、ボーッとハイジャンを眺めていたあたしの目の前を。
　羽の生えた背中が……。
「あれー？　耀太じゃん。またハイジャン始めたのかなー」
「り、凛ちゃん!?」
　今、なんて。
　耀……太……？
　また……ハイジャン……？
　マットの上から体を起こした彼を見て、凛ちゃんがそう言うから……。
　凛ちゃんと、マットの上の彼。
　交互に見る。
「そういえば中学のとき、耀太の奴、ハイジャンでは有名だったんだよ。鳥人なんて言われて」
「…………!?」
　頭の中がパニックを起こしていた。
　そして、マットの上から立ちあがったのは……。

耀くん……っ!?
　じゃあ……、跳んだのも……。
「でも、怪我で故障してからは跳べなくなって、腐ってる時期もあったんだよね。確実って言われてた推薦もダメになっちゃって」
　日本語じゃないと思えるくらい、この話を理解するのに時間がかかった。
「気まずかったんじゃない？　だから、あえてみんなが行かないこの高校を選んでね。あたしと耀太だけだし。同じ中学なの」
　なんの、話……？
「あれ、言ってなかったっけ」
「……初耳」
　嘘……。
　耀くんが、ハイジャンの選手だったなんて。
　知らないよ……。
　さっき跳んだのは、確かにあの日の彼だった。
　見間違えるわけない。
　１年間、色あせずに追い続けた"影"だから。
　まったく振動を起こさなかったバーに、誇らしげに触れる。
　その向こうでは、仲間たちが拍手を送る。
　片手を上げてそれに応える、彼。
　——耀くん……。
　ほんとに……？

ずっと想い、追い求め続けていた影は……耀くんだったの……？
「まひろっ!?　アンタどうしたのっ!!」
　あたし。
　同じ人に、二度も恋してたの……？
「……嘘、みたい……」
　静かに涙が頰を伝った。
　耀くんは出会うべき人で、あたしは耀くんに恋する運命だったんだね。
　今、初めて分かった。
『アンタ、いい名前だね』
　それは"まひろ"じゃなくて、"羽鳥"に向けられたものだったんだと。
　耀くんを表す言葉だから。
　——"鳥"のような"羽"を持つ耀くん、そのものだったんだ……。
「えっ!?　あっ!?　嘘っ!?」
　凛ちゃんは、やっと分かったみたい。
　ハイジャンの彼と耀くんが、同一人物だと。
「耀太だったのっ!?」
　目を白黒させてビックリしている。
「……うん」
「あっちゃー……ゴメンッ！」
「……うん」
「身近すぎて忘れてた！　それに、もうとっくに耀太は跳

べないもんだと思ってたから、まひろがここで見るわけないって。……ああーもうっ!」

　凛ちゃんは、おでこに手を当てた。
「まひろ、大丈夫?」
　次に、あたしの肩に手を掛ける。
「だいじょうぶ……」
　じゃないかもしれない。
　あたし今。
　嬉しすぎて。
　心臓、破裂(はれつ)しそうなんだもん。
「全然大丈夫じゃないじゃん。だって泣いてるよー」
「大丈夫だってばぁ……」
　泣きながら笑う。
　こんなに近くに居たんだ。
　ずっと探していた人が。
　それがただ、嬉しくて嬉しくてたまらなかった。

　この日。
　蕾(つぼみ)のままだった耀くんへの想いが、一気に花開いた。
　これからは、自分の気持ちに確信が持てる。
　自信も持てる。
　ねぇ、耀くん。
　あたし、耀くんが好きだよ……。

　――ダダダダダッ。

家の階段を、勢いよく駆け降りる。
「まひろ、パンが焼けたわよ」
「ん、無理！」
　歯ブラシを口にくわえながらリビングへ顔を出すと、焼き上がったばかりの食パンを手に、お母さんがしかめっ面をしていた。
　テレビが映しだす時刻は6：26。
　朝の行動は、分刻みで決まっている。
「朝食をしっかり食べないと頭が働かないのよ？　さ、座りなさい」
　テーブルの上には、果物のヨーグルト添えとココアまで。
「ごめん、今日は無理！」
「果物だけでも食べて行きなさい。朝の果物は"金"なのよ？」
「時間がないの！」
「あと10分早く起きればいいことでしょう」
「明日はちゃんと起きるから！」
　遅刻するかしないかの瀬戸際で、金とか銀とか知ったこっちゃない。
　朝はめっぽう弱いあたし。
　ありがたいけど、今日も朝食抜きだ。
　最近、あたしの朝は忙しい。
「急に朝練に力なんて入れて……。この分じゃ、今年は県大会くらい行けるんでしょうね。期待してるわ」
　お母さんの小言と皮肉は続く。

「だからアンタも、近場の高校にすれば良かったのに……」
　今起きて来たばっかりのお姉ちゃんを横目に、
「行ってきまあす！」
　あたしは家を飛びだした。
　高校までの道のりは、駅まで自転車で10分。電車に乗って25分。
『近い方がギリギリまで寝てられていいじゃない。電車なんか乗ったら痴漢に遭って泣くのがオチよ』
　自転車で10分で行ける高校に通っているお姉ちゃんは、あたしが緑ヶ浜を受験すると言ったとき、何度もそう言って止めた。
　それでもあたしは電車通学がしてみたくて。
　ただそれだけの理由で緑ヶ浜を選んだ。
　繁華街で途中下車して、買い物をしたりお茶したり。
　女子高生らしいことを満喫したかったから。
　……彼氏ができれば、デートだって。
　そんな淡い期待も胸に隠して。
　でも今は、緑ヶ浜へ来て本当に良かったと思っている。
　耀くんに出会えたから。

　今日も定刻にホームに滑り込んできた電車に飛び乗って、いつも通りの時間に学校へ着いた。
　ジャージに着替えて、グラウンドへ飛びだす。
　もう耀くんはアップを終えて、バーの準備をしていた。
　テニスコートからこっそり眺める至福の時間。

バーを見定める瞳。
　軽々とそれを超えてみせる、しなやかな体の曲線。
　今日も耀くんは朝から、眩しいよ……。
「アンタ達ってさ、つまりは両想いってことだよね？」
「えっ!?　そんなわけっ……」
「あるー。あるあるあるー」
　朝練を終えて教室へ戻ると、凛ちゃんにいつもの調子で冷やかされた。
　ハイジャンの彼が耀くんだと分かってから、凛ちゃんの冷やかしは度を上げた。
　あたしも分かりやすいと思う。
　週に２日しか出ていなかった朝練も、４日しっかり出るようになったし。
　朝練のない水曜日は、つまらないと思うほどに。
「……耀くんの気持ちは分かんないよ」
　軽く交わして期待を自制する。
　好きだって言われたわけじゃないもん。
　ただのお隣さん。
　ほんの少しだけ、耀くんと仲がいいだけ……。
「またまたぁー」
「ほんとにやめてよ。もう……」
「だって、まひろにだけ優しい気がするー」
　……耀くんは、みんなに優しいから。
「まひろにだけよく笑ってる気がするー」
　……耀くんは、いつでもよく笑う人だもん。

だから。
　凛ちゃんの言うように、"気がする"だけなんだってば。
　期待なんかしちゃダメ。
「あーー!!」
「次はなに？」
　なんでもいいから探したいみたい。
　今度こそって顔してる凛ちゃんに、あたしも苦笑い。
「まひろだけ名前呼びしてる！」
「……っ」
　そこだけは。
　凛ちゃんの思い込みじゃなくて、ほんと。
　他の女の子のことは名字で呼ぶのに、あたしのことは"まひ"と呼ぶ。
『まひって呼んでいい？』
『え？』
『つーか、呼ぶから』
　勝手に決められて、いつの間にか決まったその呼び名。
　始めは変な感じがしたけど、今では体中にしみ込んだ呼び名。
　どうしてそう呼んでくれるのかは分からないけど。
　耀くんだけが呼ぶ"まひ"。
　それが、大好きなんだ……。
「ほ～ら、まひろだって心当たりあるって顔してるよ？」
　積極的な否定ができないでいると、また冷やかされた。
「もうやだっ…。からかわないでよ……」

……期待しちゃうから。
　あたしの中で、どんどん耀くんが大きくなって行く。
　話すたび。目を合わせるたび。
　気持ちが態度に出ちゃうんじゃないかって、心配になるよ……。
「おはよ〜さ〜ん」
　そこへ大あくびをしながら、拓弥くんが教室へ入って来た。
　見ての通りすごく眠そう。
　目の下にはクマ。
「拓弥〜。また寝不足なのぉ？」
　凛ちゃんが茶々を入れる。
「いや〜参った参った。アイツが寝かしてくんなくって〜」
「うわっ、また朝から卑猥発言。んなわけないじゃん、それはアンタの願望でしょ！　美月に言うからね！」
　美月ちゃんというのは、拓弥くんの自慢の彼女で、同じテニス部の子。
　テニスも一番上手だし、テキパキとしていて、同級生とは思えないくらいしっかり者なんだ。
「おっとっと。今の訂正。美月に言うなよ！　溜めてたビデオ見てただけ！」
「やだ。どっちにしたって卑猥じゃない」
「ちげーよ。陸上のビデオだって！」
「言っちゃおー」
「カンベンしてくれよぉぉ……」

拓弥くんは、美月ちゃんにベタ惚れだから。
　中学生のときに、がむしゃらに押して押して射止めたみたい。
　陸上の推薦を蹴ってまで、美月ちゃんと同じ高校に入って。
　拓弥くんが、美月ちゃんを追いかけているような所があって、男女逆転みたいな感じで可愛いんだ。
　お手本にしたいくらい、いい雰囲気で理想のカップル。
　あたしも、いつかそんなふうになれたらいいな……。
「オーッス！」
　続いて、耀くんが教室に入って来た。
「……っ」
　自分の妄想が恥ずかしくて、人知れず顔を熱くした。
　拓弥くんとは違って朝からいい汗をかいた耀くんは、活き活きした顔をしている。
　クラスの誰にともなく挨拶したあと、
「おはよ、まひ」
　って、あたしの頭に手を置いた。
「お、おはよう……」
「ん？　なんか顔赤くね？」
「なっ、なんでもないよっ……」
　凛ちゃんには否定したくせに、微かな期待を拭えない自分。
　耀くんはそんなつもりはないかもしれないけど、こういうのが特別って思っちゃうんだ。

ドキドキの二乗で、普通に受け答えができているか自信ないよ。
　赤いだけだって、もう致命的なのに……。
「あ、耀くん」
「ん？」
「ネクタイ……」
　急いで着替えて来たのか、ネクタイが思いっきり左に寄っていたのだ。
　あたしはそこへ手を伸ばす。
「…………」
　ちょっと顎(あご)を上げた耀くん。
　その間に、真っ直ぐなおしてあげる。
　微かに上下する喉仏(のど)に、男の子を感じてドキドキした。
「サンキュな、まひ」
　照れたように言われ、あたしも恥ずかしくて口を結んだまま「うん」って頷(うなず)いた。
「朝から熱いわね!!」
「ヒュ〜ヒュ〜ヒュ〜」
「夫婦仲がよろしくて!」
　そんな姿を見ていた、凛ちゃん、拓弥くん、瞬くんが冷やかしてくる。
「……っ」
　やだ……。
　見られちゃってた。
　よく考えれば大胆だったかな……。

口で言って教えることだってできた。
　彼女でもないのに、あんなことして。
　耀くん……迷惑じゃなかったかな。
　今さら不安になる。
「バカッ！　そんなんじゃねーよ！」
　少し俯いたあたしの頭上。
　思いっきり否定する声が聞こえた。
　……耀くんの。
　こういうとき、耀くんならおどけてみんなに合わせたりしそうなのに。
　どうしてそんなにムキになるの？
　チクッと痛む胸。
「拓弥オマエっ、朝練サボっただろ～」
「んぐっ……。や、やめてくれ～～」
　耀くんは拓弥くんをとっ捕まえると、羽交い絞めにした。
　これって、照れ隠しなの……？
　それとも、本当にイヤで否定したの……？
　耀くんの本音は、どっちに隠されているの……？
　……知りたいよ。

【耀太】
　高校生にもなって、初恋がまだなんて言ったら笑われるだろう。
『今日、彼女が家に来んだよ～』

『マジか！』
『おまえもついにっ！』
　小学生の頃はゲームの話。
　中学生の頃は音楽の話。
　そして今、周りはそんな会話へ変わって行った。
　奴らは言う。
『耀太も女くらい作れば？　もうちっと健全な男になれよ！』
　……スポーツやってるし、帰宅部のオマエらよりは健全だと思うけど？
　初恋……。
　ないと言ったら嘘になる。
　遠い昔に、幼稚園の先生が好きだったとかそんなレベルだけど。
　ハイジャンにばっかり執着しすぎて、人を好きになる術を学びそびれたのかもしれない。
『──好きですっ。つき合って下さい』
　告白されて、中学のときにできた初めての彼女。
　嬉しかった。
　でも、なにをどうしていいのか分からず、２週間で自然消滅した。

　今年の春。
　クラス分けの名簿で、俺の真横に書かれていた名前に目を奪われた。

"羽鳥まひろ"
　忘れかけていたあのことを、思いだした瞬間だった。
　——"羽"が生えてる……。
　——"鳥"みたいだ……。
　……しかも隣かよ。
　どんなヤツだ……？
　椅子を引きながら声を掛けた。
『アンタ、いい名前だね』
　皮肉のつもりだった。
"羽鳥"だなんて。
　……トラウマだ。
『そんなこと言われたの初めてですけど』
　少し栗色のふわふわした髪の毛が揺れる。
　彼女が俺を見上げた。
『……っ』
　心臓が、止まりそうになった。

　まだ１年生のときのことだった。
　ダッシュを終えた俺が目を向けた先。
　そびえ立つハイジャン。
　その延長線上。
　いつのころだったか、テニスコートから、バーの方を見つめている女子がいることに気づいた。
　そんなにジッと見つめて、なにやってんだよ。
　部員の彼女か？

名前も知らないし、大して気にも留めてなかったくせに。
『耀太ぁー、またどこ見てんだよ』
『どこも見てねぇし』
『嘘つけ！　テニスコートの方を……あっ、おいまさか!!』
　テニス部に彼女がいる拓弥。
『はあ？　ちげーし！』
　なにかを勘違いして、騒ぎ立てる拓弥に呆れて溜息をつく日々……。
　それでも、俺は知らず知らずのうちに目で追うようになっていた。
　知らない間に、気になっていたんだと思う。
　この感情をどうしたらいいか分からなかった。
　目に映ると胸の奥が張り裂けそうに、ギュッと痛むんだ。
　初めての、感情。
　テニスコートに彼女がいない日は、調子も出なくて早く部活の時間が終わればいいなんて思ったりもした。
　部活命の俺が、どうかしてる……。
　……これが、恋ってやつなんだと知った。
　好きになる術なんて必要なかった。
　いつの間にか、落ちてた。
　名前も知らない、ハイジャンを見つめる彼女に……。

　その子がいま、隣の席に座っている羽鳥まひろという名前の女の子だったから、驚いたんだ。
　この年で初恋を知った俺は、溢(あふ)れる気持ちを抑えること

ができなかった。
　まるで、幼稚園児が好きな女の子にちょっかいを出すみたいに。
　だから今日も、
「まーひ」
　俺は、まひの名前を呼びつづける。

握り返した手

「まひ」
　放課後。部活を終えて帰ろうとしたら、耀くんに呼び止められた。
「この間のお礼。なんか考えた？」
「……お礼？」
「ほら、課題見せてくれただろ？」
　……あ。
　そんなの、咄嗟の口約束かと思っていたのに。
「ううん……なにも……」
　首を振る。
"デート"。なんて言えっこないし。
　……そんなのそもそも無理だし、お礼なんていいよって言おうとしたとき、
「よし。じゃあ今日ちょっとつき合って？」
　……嘘っ！。
「あー、なんか用ある？」
　誘われたことに驚いてすぐに返事できないでいると、耀くんが少し残念そうな顔をした。
「空いてる空いてる！」
　すると、なぜか隣にいた凛ちゃんが即答した。
　凛ちゃんっ……!?
「はは。じゃあ決まりな」

「……うん」
　凛ちゃんてば。
　……でも、ちょっと感謝。
「紺野、まひ借りるな」
「どーぞどーぞ。返さなくていいから！」
　ドンッ――。
　背中を押されて、耀くんの前に押しだされる。
「きゃっ、ちょっと凛ちゃん！」
　勢いで耀くんの胸に体がぶつかり、慌てて離れる。
　やだ……っ、もう。
「ごめんっ」
　真っ赤になった顔でポツリと呟くと、
「行こっか」
　同じように、少し顔を赤らめた耀くんが外を指していた。

「乗って」
　連れてこられたのは自転車置き場。
　目の前には。
「……ママチャリ？」
　耀くん、ママチャリ乗ってるんだ。
「ふふっ」
「なんか文句あるかよー」
「あ、ごめんごめん」
　でも、イメージじゃなくて思わず笑う。
「じゃあ……失礼します」

後ろの荷台にちょこんと腰かけた。
　　ドキドキする。
　　耀くんの後ろなんて。
「そんなんで落ちない？」
「え……」
「俺の運転だと、50キロくらい出るかもよ？」
「50キロって……？」
「あの車くらい」
　　ブォーン……と、学校の前を1台の車が通過した。
　　は、早い。
　　じゃあ……、どうすれば。
「きゃっ」
　　もたもたしていると、耀くんが急に自転車を傾けた。
　　カバンを胸に抱えたままのあたしは、いっぺんにバランスを崩す。
「そうそう。腕はここ、カバンはこっち」
　　……あたしの手は。
　　無意識に耀くんのシャツの背中を掴んでいた。
　　耀くんはカバンを前のかごに入れると、あたしの手を取って腰に回させる。
　　後ろに乗っているだけでも、ドキドキしていたのに。
　　こんなに密着したら、ドキドキが伝わっちゃうよ。
「しっかり掴まっとけよ」
「……うん」
　　ギュッて掴んだら、シャツの背中に頬が当たった。

あったかい。

　耀くんの背中。

　ちょっと顔を離して、真っ白な背中を見つめる。

　いつも羽の生えている大きな背中。

　触れられるなんて、思ってもみなかった。

「行くぞ!」

　耀くんの背中にしがみついて風を切る。

　すごく気持ちがいい。

　見慣れた景色が、いつもと違うスピードで過ぎて行く。

　夢みたい。世界が違って見えた。

「飛ばすぞー!」

　車通りの少ない道までくると、耀くんは今まで以上に車輪の回転を速くした。

　腰を浮かして、ペダルに力を込めて。

　スピードはビュンビュン上がる。

「やっほーい!!」

　坂道を、耀くんが両足を広げながら下る。

　やっていることは子供みたいなのに、体感はジェットコースター並み。

「きゃーっ!　怖い〜っ!」

　倒れるんじゃないかって、怖くて目をつぶる。

　……あたし、スピード恐怖症なんだよね。

　ジェットコースターは苦手だし。

「じゃあ、もっとしっかり掴まれよー」

　振り向いた耀くんが大声で叫ぶ。

「きゃあ〜っ!!!!」
　ぎゅうう。
　計算とかそんなんじゃなくて、ただ怖くて耀くんにしがみついた。
　風がビュンビュン通りすぎて行くのに、背中があったかい。
　耀くんの背中に守られているみたい。
　少し安心して、うっすら目を開けた。
　そっと、背中に頬をつける。
　シャツ1枚隔てた、あたしと耀くん。
　目的地なんてなくていい。
　……ずっと、こうしていたいな。

　キーーィッ!!!
　少し錆ついたブレーキ音が響く。
　……止まっ……た……？
　どうやら、どこかに着いたみたい。
　耀くんの背中に頬をつけていたあたしは、そっと目を開いた。
「いつまでそうしているつもり？」
「えっ……」
「俺的には嬉しいけど？」
　顔、まだくっつけたままだったんだ。
「わわっ、ごめっ……」
「ふふ」

ニヤッと笑った耀くんの顔が、真っ赤に染まっていた。
「まひ、顔真っ赤」
「えっ……」
　なのに、あたしの顔が赤いことを指摘されて、
「それを言うなら耀くんだっ……」
「まひに、見せたいものがある」
　言い返そうと思ったあたしを、耀くんはそんなドキドキするような言葉で遮った。
「……なに？」
「目、つぶって」
「目を？」
「いいから」
　そう言う耀くんの顔は、やっぱり真っ赤で。
「…………」
　不思議に思いながらも、あたしは素直に目を閉じた。
　そっと、手を引かれながら自転車を下りる。
　両肩に手を置かれ、導かれるままどこかへ移動する。
　前後左右の感覚が分からないから、踏みだす足も恐る恐るになる。
　耀くんは気遣うように、歩幅をあたしに合わせてくれた。
　……なにがあるんだろう。
「いいよ。目開けて」
　やっと許しが出て、ドキドキしながら目を開いた。
　目の前に広がっていたのは。
「なに……これ……」

全てをのみ込んでしまうような、赤。
　正面に見える山が赤く燃えていた。
「まひと一緒に見たかった」
「これ……」
　夕陽だった。
　怖いとさえ思ってしまうような、大きな大きな丸い夕陽。
　川の水も、山の緑も、あたし達の顔も全部赤くしてしまうほどの。
「この時期にしか、こういう夕焼けは見られないんだ」
　驚きのあまり言葉を失っているあたしの横で、耀くんがポツリと言う。
「すごい！　すごいよ、ねえ耀くん！」
　あたしは興奮を抑えられなくて。
　耀くんの袖を引っ張ってはしゃいだ。
　こんなに大きな夕陽を見たのは生まれて初めて。
　自然番組とか本でしか見たことない。
　こんな身近なところで見られるなんて、思ってもみなかった。
「ねぇ、こんな場所どうやって見つけたの？」
　そんなに遠くまで来ていないはずなのに、突如現れた小さな渓谷。
　周りは緑に囲まれていて、ここは、川の上を渡る小さな細い橋。
　都会のはずれにできた、まるでオアシス。
「ここな、まだガキんときに父さんが連れて来てくれたん

だ」
「お父さんが？」
「ああ。男同士の秘密って言って、母さんにも内緒で」
　耀くんが、唇に人差し指を立てる。
「そういうの憧れるなぁ……」
　お父さん、カッコいいな。
　男同士の秘密とか、ロマンがあって憧れる。
　……でも。
「いいの？」
「ん？」
「そんな秘密の場所、あたしに教えちゃって」
　お母さんも知らないこの場所を、あたしが知っちゃったら……ね？
　なんだかお母さんに申し訳ないな。
　もちろん、お父さんにも。
「まひだから」
「……え」
「まひだから見せたかったんだ」
　……心臓の音が、うるさい。
　……そんなこと言われたら。
　あたし、また勘違いしちゃう……。
　でも。
　耀くんがどうしてあたしに見せたいと思ってくれたのか、それはまだ確かじゃないけど。
　あたしへの"特別扱い"は、勘違いでもなんでもないと

言ってくれた気がした。
　無言のまま、しばらくふたりで夕焼けを見つめていた。
　燃えるように真っ赤な夕陽。
　ゆっくりゆっくり沈んでいく。
　真っ赤だった辺りは、薄暗くなった。
「なんか、淋(さび)しいね」
　もうすぐ、1日が終わる。
　なんだかもの悲しくなった。
「俺は全然」
「……え？」
「まひがいるから」
　──トクン……ッ。
　耀くんを見る。
　耀くんは、ただ前を見ていた。
　そのとき、夕陽は完全に沈み、辺りを闇(やみ)で包んだ。
　そっと、手を握られる。
　あまりに自然過ぎて、気づいたら握り返していた。
「…………」
　あたし達の間に会話はなかった。
　耀くんの表情も分からない。
　だけど、この手で耀くんを感じられる。
　それが嬉しかった。
　握った手から、好きが伝わらないかドキドキしちゃう。
　それでも、心の中であたしは繰り返した。
　……ねぇ、耀くん。大好きだよ……。

第 2 章

きみの横顔

　三者面談週間に入った。
　うちの学校は、2年生のうちに一度面談がある。
　具体的な進路はまだだけど、後期から選択授業があるから、それについての調査みたいなものだ。
　素振りの練習をしながら、いつものようにグラウンドの耀くんの姿を探す。
　だけど、いつもいるはずの耀くんの姿が見えない。
　そういえば、今日は耀くんの面談日だったっけ。
　……つまんないな。
　今日は練習に集中するしかないかと、グラウンドから視線を戻そうとしたとき。
　視界の端っこに、小さな女の子が映った。
　グラウンドの隅に咲いている、お花を摘んでいた。
　どうしてこんなところに？
　年は3歳くらい。
　誰かの妹かなぁ……。
　それにしちゃ、年離れすぎてるか。
　すぐ側では野球部が練習していた。
　そんなとこにいたら危ないのに。
　親はいないのかなと、辺りを見渡すけどそれっぽい人はいない。
　グラウンドから出してあげた方がいいよね？

あたしは、コートを出て女の子に近寄った。
　その矢先。
「危ねーっ!!」
　えっ……。
　真正面から、野球のボールが放物線を描いて飛んできたのだ。
　考えている間もなかった。
　ラケットを放りなげ、女の子の所へ駆け寄る。
　バンッ!
「いったぁ……」
　ボールは見事に命中した。
　……あたしの右肩に。
　女の子は、あたしに守られて危機一髪。
「大丈夫かっ!?」
　野球部員が駆け寄ってくる。
「え、まぁ……」
　本当は、すっごく痛いですけど。
　女の子は無事だったし、痛いのを我慢して言ったのに。
「君の妹？　危ないからこんなとこに連れてくんな！　早く外へ連れだしとけよ！」
　野球部員はそう怒鳴ると、部員の輪の中へ戻って行った。
　……っ!?
　なんなのよ！
　あなたがノーコンなのが悪いんでしょ！
　文句のひとつも言いたかったのに、ジャージの色から先

輩だと分かって言えなかった。
「ごめんなさい」
　腹立たしくその先輩を見ていると、あたしの腕に守られていた女の子がふいに謝った。
「え？」
「あたしのせいでおねえちゃん、いたいいたいになっちゃったし、おこられちゃった」
　ピンクのリボンをつけたおさげ姿の女の子が、今にも泣きそうな目をしていた。
「ごめんね、怖かったね。もう大丈夫だよ」
　小さい子の前であんな言い方。
　……高校生にもなって、まったく。
　キャッチボールを再開したさっきの先輩を軽く睨むと、女の子の目線まで屈んで頭を撫でた。
　女の子は言う。
「おにいちゃんは、あんなふうにはおこらない」
　やっぱり誰かの妹なんだ。
「優しいお兄ちゃんなんだね」
「うん！」
　目には涙を浮かべたままだったけど、満面の笑みになった女の子がすごく愛らしくてギュッと抱きしめた。
　でも。
「イタタタ……」
　すっぽ抜けた球でも硬式球。
　直撃した右腕はジンジン痛みを伴っていて、あたしはそ

の場にうずくまった。
　テニスボールを顔面に受けた痛みの再来だ。
　あたしって、球に運がないかもしれないなあ。
「ユウヒ‼」
「おにいちゃん！」
　そのとき。
　女の子のお兄さんが現れたみたいで、お互いに呼び合う声が聞こえた。
「ユウヒ、ここに居たのか。良かった。お母さんが心配してたぞ？」
　グラウンドへ入ったことも、ひとりで勝手に離れてしまったことも咎(とが)めない。
　一言目に妹を心配する言葉。
　やっぱり、優しいお兄ちゃんなんだろうな。
「ごめんなさい。おねえちゃんがいたいいたいになっちゃった」
「えっ……」
「ゆうひじゃなくて、おねえちゃんにボールがぶつかっちゃったの」
　彼は、そこであたしの存在に気づいた様子。
　声を掛けて来た。
「妹を庇(かば)ってくれてありがとう。……大丈夫？」
　痛さに神経が集中していたせいで、気づかなかったのかもしれない。
　いつもならすぐに分かる、この声が。

「大丈夫です……」
　顔を上げて驚いた。
「…………!?」
「…………!!」
　女の子のお兄さんが、耀くんだったから。

「優飛(ゆうひ)ちゃん、お花が好きなんだね」
　あたしは今、優飛ちゃんと一緒にお花摘みをしている。
　八神優飛ちゃん。
　3歳。耀くんの妹。
　面談最中に抜けだしちゃった優飛ちゃん。
『戻るぞ』って言った耀くんに、教室に戻りたくないと駄々をこねた。
　だからあたしが『見てるから』と言って、こうして優飛ちゃんの遊び相手になっているんだ。
　グラウンドじゃ危ないから、裏庭へ移動した。
　初めて来たこの場所には、春のかわいい花がたくさん咲いていた。
　優飛ちゃんに会わなかったら、そんなことにもきっと気づかなかったんだろうな。
「優飛ちゃん、はい。指輪」
「わーい。うれしー！」
「じゃあ、もっとなにか作ってあげようか？」
「うん！」
　一面に咲くシロツメクサ。

ひたすらアクセサリー作りをする。

　そんなことをしているとあっという間に面談の時間は終わり、耀くんが迎えにやって来た。
「おにいちゃん！」
　耀くんの姿を見つけると、駆け寄って腰に飛びつく。
　耀くんは優飛ちゃんを抱きあげると肩車した。
　初めて見るお兄ちゃんとしての横顔に、ドキドキした。
「いい子にしてたか？」
「うん！」
　ぴったり寄り添う微笑ましい兄妹の絵。
　優飛ちゃんになりたいなあ……。
　なんて、バカみたいなことを思うあたし……。
　耀くんは、紙パックのジュースを３つ手にしていた。
　苺ミルクふたつと、コーヒーひとつ。
「はい、優飛の好きな苺ミルク」
　それにストローを差すと優飛ちゃんに渡し、もうひとつはあたしに手渡された。
「サンキューな、まひ」
「ありがと。ふふっ」
　ここで優飛ちゃんチョイスで、あたしにも同じものを買ってきたことが笑えた。
　自分はコーヒーなのに。
「これじゃ不服？」
「ううん。大好き。ありがとう」

受け取って、ひと口含んだ。
　懐かしい甘い味が口の中へ広がる。
　……おいしい。
　耀くんからもらったからかな……なんて。
「ほんとはなにが好きなの」
「え？」
「飲み物」
「あっ、ああ。飲み物……ね」
　なにが好きかなんて言われて焦ったけど。
「メロンソーダ……」
「結局子供じゃーん」
　正直に答えたら笑われた。
「ってことは、俺のチョイスは間違ってなかったな」
　おっしゃる通りです。コーヒーを買って来られたら、どうせ飲めなかったし……。
　言う前から子供扱いされたわけだし、ちょっと納得いかないなあ。
「こらぁ！」
　そのとき。
　突然、雷声が聞こえてビクッとした。
「ゲッ！　千夏先輩……」
　振り返った耀くんの驚き方はすごかった。
　優飛ちゃんがバランスを崩すほど。
　そこは、反射神経の良い耀くん。
　落とすことなく持ち直したけど。

「サボってると思ったら、こんなとこでデート？」
　女の先輩が、ストップウォッチをクルクル振りまわしながら近寄って来る。
　なぜかモデル歩きで。
　それより、デートって言葉にあたしはひとりドキドキした。
　デート……に、見えるのかな。
　耀くんはどう思っているか分からないけど、単純に嬉しいあたしがいる。
「先輩に向かって"ゲッ"とはなあに？」
　その先輩は躊躇いもせず、耀くんの頭をパシッとはたいた。
「イッテ！」
「耀太が、裏庭に消えてくって情報を聞きつけて来てみればぁー！」
「なに言ってんだよ！　今日、俺は三者面談。ちゃんと部長の許可貰ってるから！」
　耀くんは、思いっきり慌てた様子で身構えた。
「ふぅん」
　先輩は聞く耳持たずという感じで、視線をあたしへ。
　背筋がピンと伸びた。
　顔だけは知っている人だったから。
　陸上部のマネージャーさん。
　いつもせわしなく走りまわっていて、ある意味すごく目立っていてインパクトのある先輩。

「こんにちはー」
　明るく声を掛けられる。
「こ、こんにちは……」
　耀くんがビクついてるから相当怖い先輩なのかと、あたしもおどおどしながら挨拶を返した。
「あたし、陸上部のマネやってるの。板橋千夏」
「は、羽鳥まひろと言います。耀……八神くんと同じクラスでっ……」
「八神くんなんて顔してないでしょ。耀太でいいわよ」
　親しげすぎるのもどうかと思ってわざわざ言い直したのに、あっさりそんなことを言う千夏先輩。
　咄嗟に返す言葉も見つからなくて、口が半開きになる。
「なんだそれ」
　その横で耀くんは不満そう。
　でもその会話は、ふたりが親しい間柄ということを示す。
　マネージャーさんとはいえ、女の人。
　心中、穏やかじゃない。
　耀くんに一番近い女の子は、あたし……だなんて安心しているところがあったから。
　先輩後輩の垣根なんてないようなふたりの関係に、胸の中がモヤモヤする。
「いつの間にか色気づいてデートかと思えば、もう子供!?」
　千夏先輩は、優飛ちゃんを見て目を丸くした。
　え!?　あの!?
　子供って……、えっと……。

かなり際どい発言……。
　あたしはひとり、たじろぐ。
　今抱いた気持ちが一瞬で飛ぶくらい。
　そんな会話が分かりもしない優飛ちゃんは、相変わらず可愛い顔して、ストローをチュウチュウ吸っていた。
「それ、冗談に聞こえないから」
　まともに相手をするのをやめたのか、さっきとは打って変わって随分落ち着いた口調で耀くんは言う。
　千夏先輩って、いつもこんな感じの人なのかな……。
　この一瞬で、かなり人となりの分かる発言をさっきからしている。
　あたしはまだついて行けなくて、苦笑いしかできなかった。
「今日は多めに見てあげるけど、明日はその分２倍練習してもらうから」
「その分てなんの分だよ」
「ってことで、まひろちゃん、ごゆるりと〜。おチビちゃもいっぱい飲んで大きくなってね〜」
　まだ固まっているあたしと優飛ちゃんに手を振り、千夏先輩は去って行った。
「面白い先輩だね。ぷぷっ」
「どこが!?」
「どこって……全部」
「まひのツボがわかんねぇ……」
　結局なにが言いたかったのかは分からなかったけど、言

いたいことだけ言えて、ある意味すごくいい性格をしているると思ったから。
　千夏先輩に対するモヤモヤもなくなっていた。
　いつもテニスコートから見える耀くんは、先輩から可愛がられているのがすごく分かる。
　いつも耀くんの周りには人が溢れている。
　学年の壁なく誰とでも仲良くできる耀くんのその個性も、魅力のひとつだった。
「それより、耀くんにこんな小さい妹がいたなんてビックリしちゃった」
　改めて、肩の上の無邪気な優飛ちゃんを見上げた。
「あー、俺の母親４年前に再婚したんだ」
「えっ……そうなの!?　……ごめん……」
「なんで謝る？」
「…………」
　だって。
　お母さんが再婚だなんて。
　思いもよらない返答。
　あたしの中の空気感が、一気に変わる。
　この間、お父さんとの温かい親子秘話を聞いたばっかりなのに。
　そんなことを言われて戸惑った。
　……じゃあ、お父さんは……？
「そしてなんで黙る？」
「…………」

本当は聞きたいのに、聞く勇気もなかった。
　それでもあたしが黙っていると『優飛、ちょっと降りとけ』そう言って優しく優飛ちゃんを地面へ下ろした。
　パタパタと走り、またお花畑の真ん中でしゃがむ優飛ちゃん。
　耀くんは置いてあった木箱に座り、その隣へあたしにも『座れば？』と言った。
　なんとなく気まずい空気の中、耀くんの隣へ座る。
「父さんは８年前に事故で死んだ。今の親父は、そのときの主治医」
　耀くんは、溜めることなくサラリと口を開いた。
「えっ、あっ……、ごめっ……」
「だから、なんで謝る」
　なんでって……。
「べつにおかしな関係だったわけじゃねーよ。父さんが死んで１年くらい経ったとき、今度は俺が事故って入院したんだ」
「……耀くん……が？」
　こっそり、その横顔を覗くと
「そ。そんときの担当医が偶然また同じでさ。俺もなんか懐かしくって。どっちかっつーと、俺の方が先に仲良くなった感じ？」
　ニィッと笑顔を向けた。
　近すぎる笑顔にドキッとした。
「…………」

「なに、反応ナシか？」
「ああっ……、ごめん……」
　あたしは思わず目をそらした。
「さっきからまひ、謝ってばっかだな」
　ふっ……と笑ってストローに口をつける耀くん。
　その笑顔に見惚(みと)れちゃった。
　なんて言えない。
　真剣な話を聞いてるときに、不謹慎なあたし。
「優飛ちゃんできてる？」
　木箱を降りて、優飛ちゃんの隣にしゃがんだ。
　今の顔、耀くんに見せられない。
　真っ赤になっていないか、心配だったから。
「うーん」
　優飛ちゃんは、さっきからシロツメクサと格闘している。
　教えてあげたけど、3歳の子にはやっぱり難しいんだろうな。
「ちょっと貸してごらん？」
　恥ずかしさを抑えるように、手元に集中。
　あっという間に首飾りができた。
「わぁ～！　やっぱりおねえちゃんてすごーい！　ねぇ、かんむりもつくってー」
「いいよ」
　可愛くせがむ優飛ちゃんに、冠(かんむり)を作りはじめた。
　優飛ちゃんの笑顔が見たくて。
　だって、見ているこっちが幸せになるくらい癒(いや)されるん

だもん。
　小さい子って、可愛いな。
「まひ、幼稚園の先生とか向いてそー」
　ボソッと。
　後ろから耀くんの声がした。
「あたしが？」
　振り返ると、木箱に座ったまま肘を膝につけて頬杖をついている耀くんと、間近で目が合った。
　避けてこっちに来たはずなのに、また同じ目線になっていてドキッとする。
「居そうじゃん？　まひみたいにぼーっとした感じの」
「……ぼーっと？」
「間違った。んーなんていうんだろ。こう、ほんわかしてて和むっつーか。癒し系っつーの？　子供にも好かれそう」
「…………」
「俺の初恋のさちえ先生。うん。そういえばこんな感じだったかも」
　あたしの周りを手でかたどる。
「……っ。ゆ、優飛ちゃん、はいっ」
　できあがった冠を、優飛ちゃんの頭に載せた。
　さっきよりもドキドキする。
　幼稚園のときのことだって、初恋の先生とあたしの感じが似てるとか。
　つまり、あたし。
　耀くんのタイプ……ってこと？

やだ。
　そんなの嬉しすぎて、どうにかなっちゃうよっ……。
「おねえちゃん、かおあかーい」
「へっ!?　……やだっ……」
　お願いだからそんなこと言わないで、優飛ちゃん。
　……あたしの心の中、耀くんに丸見えになっちゃうよ。
「優飛。お母さんが待ってるから、そろそろ行こうか?」
　ずっと下を向いてばかりいると、真っ赤にした張本人から助け船が出された。
　木箱から立ち上がって、優飛ちゃんの手を引く。
「うん、おねえちゃんありがとう。またつくってね。ばいばい」
「それじゃあまひ、また明日な」
　……ずるい。
　余裕で。
「……うん、また……明日」
　あたしは、最後まで、顔を上げられなかった。

【耀太】
　優飛の手を引いて、車で待っている母さんの元へ向かう。
　まひにシロツメクサで作ってもらったお姫様グッズを身につけた優飛は、超ゴキゲン。
「ゆうひ、おひめさまみたい?」
「ああ、とびきり可愛いお姫様だ」

それにしてもまひ、器用なんだな。
　一見トロそうに見えるのに。
　一生懸命になにかに向かっているまひの姿、やっぱりいい。
　作らされているんじゃなくて、一緒になって楽しんでいた。
　こういうときに、本当の性格が出るような気がする。
　……また惚れた。
　初恋の先生と、まひの感じが似ていたのは事実。
　けど、告白かっての！
　あんとき一瞬ポカンとしたように見えたけど、あれって引いたのか？
　それとも、嬉しくて……？
　ああっ！　どっちだっ！
「おにいちゃん、ニコニコしちゃってどうしたの？」
　ヤベッ。
　慌てて顔を戻す。
「ん？　なんでもねーよ」
"ニコニコ"で良かった。
　拓弥や瞬なら"ニヤニヤ"っつーんだろうな。
「かおあかいよ？　おねつでちゃった？」
「あー、すごく高い熱だ」
「えっ！　くるしくないの？」
「んー、少し苦しいな」
「だいじょうぶ？」

「ああ。楽しくて幸せだから」
「…………？」
「優飛も大きくなったら分かるさ」

　キョトンとしている優飛の頭を撫でて、車に乗り込んだ。
「これ、おにいちゃんのおともだちにつくってもらったのー」

　車に乗るなり、優飛は嬉しそうに母さんに首飾りを見せる。
「あら、器用な男の子がいるのね」
「ううん。おねえちゃんだよ？」
「ゆう……っ！」
「ふ〜ん」

　母さんは、ニヤニヤしながら俺を見た。
　……ちくしょう。
　優飛のやつ。
　家までの道のり、ずっと母さんからは冷やかされたままだった。

　家へ着くと、ちょうど親父が仕事へ出掛ける支度をしていた。
　親父は大学病院の外科医だ。
　優飛は一目散に親父の元へ駆け寄ると、まひに作ってもらった首飾りと冠を見せた。
「これから出勤？」
「ああ、今夜は当直だから頼むな」

「分かった」
　母さんが親父と再婚することが決まったときは、周りからは色々言われた。
　父さんの死を看取った医者と……って。
「もう少し、勉強を頑張った方がいいでしょうって言われちゃったわ」
　母さんが、面談の内容を親父に報告する。
「そうか。で……」
「ええ、もし今年のインターハイに出られれば……」
「母さんっ！」
　なにかを問いかけた親父へ答えた母さん。
　俺は途中で口を挟んだ。
　……ふたりがなにを言おうとしているのか、分かっているから。
「耀太」
　親父が真剣な目を注ぐ。
「親父、俺……」
　今年のインターハイに出れば、陸上トップクラスの大学からの推薦も夢じゃない。
　今の記録だとインターハイには行けるだろうって、顧問からも太鼓判を押されていた。
　けど、俺のハイジャンは記録を残すことではなくて。
　なにかをさし置いてまで、がむしゃらに向かうものではないから。
　予選は気楽な気持ちで出場した。

県大会は通過したが、地区大会に出るかはまだ迷っている。
「分かってる。自分の道だ。耀太が決めろ」
　挫折したときも、親父だけはいつも俺の味方だった。
　親父は俺の一番の理解者だ。
　親父のいつもと変わらない態度に、俺の拠り所はちゃんとそこにあるのだと安心して俺は、顔を和らげた。
「パパぁ？　抱っこー」
「よーし」
　出掛ける前のスキンシップ。
　待ちきれない優飛が親父にせがむ。
　親父は俺に無言で頷くと、表情を変えて優飛を抱きあげた。
「そうだ。おにいちゃんおむねがくるしいんだって。みてあげて？」
　優飛は思いだしたように言う。
「ゆうっ……!?」
「どうした。どこか具合でも悪いのか？」
「なっ、なんでもねーよ！」
「おにいちゃん、かおあかくておむねもくるしいっていってたの。おねえちゃんもこれつくってるとき、かおあかかったなあ」
「……っ！」
　まだ３歳。
　悪気も冷やかしもない。

兄貴を本気で心配する、可愛い妹。
　可愛いっちゃ可愛い。けどよ……。
　素直すぎるのも、時には罪だぜ……。
「ハハハ。お兄ちゃんは健康そのものだ」
「親父！」
「そうか、もうそんな年か。この間まで子供だと思っていたのに、いっちょまえに」
「……っ」
「耀太も、もう17だもんな」
　親父は、俺を見て目を細めた。
「……るせーよ」
　なんだよ。
　んなこと言われて、すげー気まずい。
　照れ隠しにそっぽを向いた。
　遺族と担当医から始まった俺達の関係。
　出会ったとき、8歳。
　その1年後、事故に遭った俺の担当医にもなって。
　すげー子供の心を掴むのがうまい人で。
　小児科医かよってくらい、子供が周りに集まっていた。
　俺もそのひとり。
　父さんを亡くした俺を、人一倍気遣ってくれた。
　落ち込んで、グラウンドにも立てなくなったとき、父さんが出会わせてくれたハイジャンを続けろ……そう言ってくれたのも、親父だった。
　俺にとっては、なんでも相談できる兄貴みたいな存在で。

退院してからも、俺達の交流は続いた。
　忙しい中、時にはハイジャンの大会を見に来てくれたりもした。
　すごく大好きだった。
　いつしか俺の父さんになってくれたら……って、夢みたいなことも思っていた。
　無理やり家に連れて来ては、家族ごっこみたいなことをさせて。
　俺の主治医としか見ていなかった母さんも、そのうち心を許すようになって、真っ直ぐで心の広い親父に惹かれて行ったんだ。
　幸せになった母さんを見て、天国の父さんもきっと喜んでくれている。
　俺はそう信じてる。
　母さんは父さんのこと、今でも心の奥底で愛してる。
　それは今でも分かるから。
　俺も、父さんのことは今でも忘れられないくらい大好きだし。
「優飛と母さんを頼むな」
　優飛を俺にバトンタッチすると、親父は病院へ向かった。

迷える校外学習

【耀太】
「また山登り〜? 勘弁(かんべん)してくれよ〜」
　拓弥が机に突っ伏して文句を言う。
　来月、クラスの交流を深めるための校外学習があるらしい。
　それが山登りだというのだ。
　なんの面白みもなさそうな内容が発表され、クラスの誰もがシケた顔をしていた。
　言われてみれば、去年入学直後に行った親睦(しんぼく)会も山登りだったよな。
「拓弥はこのくらい楽勝だろう?」
　担任の成瀬(なるせ)が、笑いながら言う。
「走るのと登るのじゃ全然違うって!」
　その意見に1票。
　体を動かすことが好きな俺だって、山登りなんて御免(ごめん)だ。
「じゃあ、班決めのくじ引きするぞー」
　まだブツブツ言っている拓弥に苦笑いしながら、成瀬がくじ引きの箱を振る。
「くじ引き!?」
　ちょっと待て!
　今度は俺が声をあげた。
「なんだ、今度は耀太か。なんか文句あるのか?」

あるある！　大アリだ。
　机に両手をついて立ち上がった俺に、成瀬は箱を振りながら問いかける。
「なんでくじ引きなんだよ！　席順でいいじゃねーかよっ！」
　そしたら、まひと一緒に……。
　まひとは席が隣なわけだし、席で区切ってくれたら確実に同じ班だ。
　くじ引きなんてしたら。
　……俺、くじ運ねぇんだよ……。
「くじ引きのほうが、色んな奴と交流を深められるだろ。それとも耀太、このままがいい理由でもあるのか？」
「いやっ……、べっつに！」
　余計なこと言うと、また冷やかされるのがオチだ。
　目を泳がせながら、強気で言った。
「じゃあ、女子から前へ出て引いてくれ」
　まひは席を立ってくじを引きに行く。
　……すっげー気になる。
「まひ、なんだった？」
　戻って来てすぐに尋ねた。
「B班だったよ」
　ニコッと笑いながら"B"と書かれたくじを俺に見せる。
　よしっ！　俺も絶対Bを引いてやる。
　頼むぞ、右手！
　天に掲げて祈りを込めた。

「耀くん、なにやってるの？」
「ちょっとしたおまじない」
「へんなの」
　今度はクスッと笑ったまひ。
　どんな笑顔も、全てが可愛い。
「だな」
　……俺のものにしたい。
「次ー。男子」
　女子が終わり、俺は１番に飛びだしてくじを引いた。
　残りものになんか福はない。
「おりゃあ！」
　これだ!!
　……"Ｃ"だった。
　終わった。
　ガックリと肩を落とす。
　校外学習なんて、もっと仲良くなるチャンスじゃねーか。
　疲れているまひの荷物を持ってやったり、肩を貸してやったり……。
　そう思ったら、山登りも悪くないと思ったのに。
　俺の下心が泡になって消える。
「ああ〜」
　ついてねー。
「なに落ち込んでんだよ」
　拓弥が俺の肩を抱く。
　その手に見えたくじ。

「おりゃあ！」
「おいっ、ちょっ……こらあっ！」
「いっただきぃ！」
　拓弥のくじに"B"って見えたから。
「一生のお願いだ」
　俺は瞬時に、拓弥のくじとすり替えた。
「俺の未来が懸かってるんだ！」
「はぁ？」
「耀太と拓弥、早くしろー」
　成瀬が班の表を作るのに、くじを渡せと急かす。
「は〜い。これで〜す！」
　俺は"B"のくじを成瀬に渡した。
　それからの俺は、校外学習を心待ちにしていた。

＊＊＊

あたし、ほんとにツイてると思った。
耀くんと同じ班になるなんて。
校外学習当日。
爽やかな空気と青い空。
それだけで、モチベーションもグンと上がる。
こんなに楽しみな行事、久し振りだなあ。
楽しみで楽しみで、昨日の夜はなかなか寝つけなかった。
昨日は雨が降ったけど、見計らったようにやんで朝から

いいお天気となった。
「絶好のチャンスじゃん」
「えっ……」
「勢いで耀太に告白しちゃえば？」
　登山口へ向かうバスの中。
　凛ちゃんが、そんなことを言ってくるから驚いた。
「無理だよっ、そんなの」
　耀くんと一緒に山登り……っていうだけでも、ドキドキするのに。
　告白なんて、考えたことない。
　あたしは耀くんと……このまま……。
　それだけで――。
「あたしが一緒の班だったら、うまくやってあげたのになぁ」
　凛ちゃんはC班。
　拓弥くんと一緒だから、うるさくてヤダなんて言っていた。
「ふたりっきりにしてあげたりさ～」
「……っ」
　……悪いけど。
　凛ちゃんと同じ班じゃなくて良かった。
「もしかしたら、耀太の方から告白されるかもね？」
「あっ、あるわけないじゃんっ……！」
　変なこと言わないでよ。
　意識しちゃうじゃん……。

「そうだ。まひろ、無理するんじゃないわよ？」
「ん？」
「それよ」
　凛ちゃんが、思いだしたようにあたしの足首を指す。
　実はおととい、部活の最中に捻挫(ねんざ)するなんていうマヌケな目に遭っちゃったんだ。
「分かってる。ありがとう」
　万全な態勢で迎えたかったのにこんなときに。
　やっぱり、ツイてないかな……。
　思いだしたら、すっかり忘れていたはずの痛みが蘇(よみがえ)って、少し憂鬱(ゆううつ)になった。
「耀太に言ったら？」
「え!?　言わない言わない！」
　たかが捻挫。
　こんなの大したことない。
　言ったら、耀くんのこと。
　気をつかわせるのは目に見えていた。
「凛ちゃんも絶対に言わないでね」
　最後まで黙ってる。
　バスは間もなく、登山口へ到着した。

　班は7人編成。
　上まで登りきったらそこで昼食をとって下山。
　高校2年にもなって、なんとも芸のない校外学習。
　しかもみんな自分のことで精一杯だし、お喋りすると体

力を消耗するからかなり無言。
　去年入学したてで行った親睦会もこんな感じで、親睦を深めるどころじゃなかった。
　昨夜の雨のせいで、土がぬかるんでいてすごく歩きにくい。
　下りはとくに慎重になるし、それだけでもみんな体力を消耗しているみたい。
　でもそこは耀くん。
　疲れた中でも、耀くんはみんなを楽しませようと、会話を振っては盛り上げ役に徹していた。
　そんな耀くんだったけど……。
「少し休憩するか」
　１時間くらい下りて、みんながげっそりして来たところへそう提案した。
　耀くんの口から漏れる息づかいも、余裕がなくなってきている。
「俺達が一番最後だろ？　なんか雲行きも怪しいし、とっとと下山した方がいいんじゃねーか？」
「そうよ。泥まみれになって帰るのだけは勘弁。早く下りよう」
　みんなのためを思って掛けた耀くんの声は、あっさり却下。
　途中、班員のひとりが山頂に忘れ物をしたことに気づいて取りに行ったりしたから、Ｂ班はかなり遅れを取っていたのだ。

「……ふぅ。分かったよ。みんな気をつけろよ」
　だからか、耀くんもすぐに折れてまた下山を続けた。
「まひ、大丈夫か？」
「うん、大丈夫」
　本当は、少し休みたかった。
　大したことなかったのに、こんなふうに歩いていたら捻挫した足に負担が掛かったようで、痛みが復活して……。
「貸せよ」
　耀くんはあたしの背中から、リュックを取ろうとした。
「ほんとにいいって！」
　みんなの顔も疲れきってる。
　他に女の子がふたりいるのに、あたしだけそんな楽をするなんてできない。
　それを断って、肩ひもをギュッと握った。
「……足」
　耀くんのひと言に、ビクッと肩が跳ねた。
「…………」
「どうした？」
「……っ」
　……気づかれちゃった。
「な、なんでもないよ。早く下りよう。雨降ってきたら困るし」
　それをスルーして足を動かすと、
「よくない。さっきから庇ってるじゃんか」
　耀くんはあたしの腕を掴んだ。

……誤魔化せそうにない。
　耀くんは、あたしのことをよく見てる——。
　強制的に足を止められ、観念して言う。
「……おととい、テニスでちょっと捻挫しちゃって」
「……マジかよ」
　驚きと溜息の混ざりあった声。
　その後、すぐにこう決断した。
「少し休もう。みんなに言ってくる」
「待って！」
　少し先を行くみんなの元へ小走りで行く耀くんのあとを追いかけて、リュックを引っ張った。
「……っ？」
「大丈夫だから！」
「……それのどこが大丈夫なんだ？」
　少し低い声。
　普段聞いたことのないような声に、キリキリ痛む胸を押さえながら言った。
「みんなに迷惑掛けたくないの。頑張れるから。……ね？」
　じっと目を見つめて訴える。
　あたしのせいで、班のみんなに迷惑を掛けたくない。
　……耀くんにも。
　お荷物だなんて、思われたくないから……。
　耀くんは、しばらく黙ってあたしを見つめ返したあと、
「……ほんとに無理だったら、ちゃんと言うこと」
　そう言う耀くんの目は、いつになく厳しかった。

痛みに耐えながら下山を再開。
　さっきまで穏やかだった風が、しだいに強くなってきた。
　空を見上げると、真っ黒な雲が全体を覆い始めた。
「なんかヤバくね？」
　誰かがそう言った直後。
　──ポツポツ。
　雨が落ちて来た。
「きゃー！　雨降って来たよー」
「マジやべぇっ！　ザーッて来るぞ！」
「急ごう！」
　前を歩いていたメンバーは、大慌てで歩幅を早める。
　えっ、……どうしよう。
　必死について行かなきゃとペースを上げようとするけど、足が言うことを聞かない。
　みんなの姿はどんどん小さくなるだけ。
　でも、早く下りなきゃ。
　そう思ったのが裏目に出る。
「……っ」
　一瞬にして世界が反転した。
「きゃあああぁぁぁっ!!!」
　注意力が散漫になっていたのか、突き出していた根のような枝に足が引っ掛かってしまったのだ。
　ザザザ──。
　そのままバランスを崩し、数メートル下まで滑り落ちていく。

足首どころじゃない。
　なんともいえない激痛が全身を襲った。
「……っ」
　なにが起きたのか分からなくて、歯を食いしばりながら上を見上げる。
　灰色の雨粒だけが、矢のように落ちてくるのが見えた。
　視界が悪くて上の様子がわからない。
　あたしがいた場所から、どのくらいの距離があるのかも。
　すると、
「まひーーーっ!!」
　見えない頭上から声が聞こえて来た。
「待ってろ！　すぐに助けに行くから！」
「……よう……くんっ……」
　強くなってきた雨が、見上げたあたしの顔を濡らす。
　でも、耀くんの声だけははっきり耳に届いた。
　……ゴメン。
　耀くん……。
　でも、助けて、耀くん……。

　間もなくして。
　もやのかかった白い世界に、ブルーのジャージが飛び込んできた。
「耀くんっ」
「まひ！　大丈夫か!?」
　心配そうな瞳で、泥だらけになったあたしの体をいとわ

ず抱きあげる。
「……っ」
　その腕にしがみつく。
　涙が溢れて来た。
　結局、迷惑掛けちゃってるよ……。
　申し訳ない気持ちで、胸が苦しい。
「怪我は？　痛いところは？」
「…………」
　自分が情けなくて、耀くんに顔を向けられない。
「ちゃんと言って」
　それでも耀くんは、強引にあたしの瞳の中へ入ってきた。
「怪我は……ない……。でも足が……」
　もう、立つことさえままならない状態だった。
「……っ」
　あたしの足元をまくった耀くんは、腫れあがった患部を見て絶句した。
「……とにかく上まで上がろう。痛いだろうけど頑張れ」
「……うん……」
　痛くても、ここは自力で上がらないことにはどうしようもない。
　耀くんは、ゆっくりゆっくりあたしを支えながら上へ押し上げた。
　痛みに耐えながら、這うようにして山道までなんとか戻った。
「助けを呼ぼう」

耀くんはそう言って携帯を取りだすと、
「ちくしょうっ！」
　その直後、声を荒らげた。
「どう……したの？」
「圏外だ。こんな山ん中だもんな」
　耀くんは顔を歪める。
　やっぱり、大人しく登山なんて休むべきだった。
　耀くんと同じ班だから……、なんて浮かれて。
　無理したその結果がこれ。
　昨日に戻って、明日は休めと自分に言いたいよ……。
　班の人たちの姿は、当然だけど見えない。
　みんな走りだした所だったから、あたしが落ちたことには気づかないで先に進んだんだと思う。
　……ということは。
「耀くん……行って？」
「え……？」
　助けを求めるには、これしかなかった。
「ごめん。あたし、自力で下りるのは無理だと思う」
　転落の衝撃で、足の怪我はさらに悪化してた。
　どう考えても自力で下山するのは無理。
　耀くんは、全体重を預けたとしてもあたしを支えてくれるのが目に見えたから。
　そんな負担、耀くんには掛けられない。
　だから正直に下山できないと話した。
「耀くんは下山して先生を……」

「まひをひとりにはできない」

　雨にぬれた耀くんの手が、小刻みに震えるあたしの肩を掴む。

　歪んだ顔からは、雨が滴り落ちた。

　その低い声に、あたしは静かに首を振った。

「ここにふたりでいても、誰も助けには来てくれないよ？ だから……」

「それでも置いて行けない！」

「耀くん！」

　そう言ってくれるのは嬉しいけど。

　お願い、耀くん。

　今は冷静な判断をして……？

　雫(しずく)が滴(した)る互いの顔を見つめあい、真剣に耀くんに訴えかける。

　耀くんは、苦しそうに決断した。

「……分かった」

　そう言うと、あたしの肩を支えながら、

「少しだけ頑張れるか？　多分、今このあたりだ。少し下ると小屋があるはずだから」

　班長にだけ渡されていた山の地図を広げて、今いる場所のおおよその見当をつけた。

「うん」

「じゃあ掴まって」

「ありがとう」

「ゆっくりでいい……」

ぬかるんだ地面に足が取られそうになる寸前、耀くんの手に力が加わる。
　抱えられるようにしてゆっくり足を運んだ。
「山の天気って、本当にわかんねぇな……」
　耀くんが空に言葉を放つ。
　憎（にく）たらしそうに見上げて。
　空からは今も大粒の、雨。

　しばらく行くと、本当に小屋があった。
　扉は簡単に開く。
「いざってときの、避難所なのかもしれないな」
　中は10畳くらいの小さなスペースで、毛布やろうそく、懐中電灯など非常用具があった。
　耀くんは毛布を敷くと『この上に座って』そう言って、また別の毛布をあたしの上から掛けてくれた。
　最後にロウソクに火を灯す。
「こんなの気休めかも知んねーけど」
「大丈夫、あったかい」
　一番あったかいのは、耀くんの気持ち。
「本当にひとりで大丈夫か？」
「大丈夫」
「じゃあ……俺、行ってくる」
「耀くん、足元滑るから気をつけてね」
「まひに言われたくない」
「ふふっ」

耀くんが、ゆっくりあたしから手を離す。
「寒くないようにしてろよ？」
「ありがとう……お願いします」
「おぅ。あとでな」
　パタン——。
　ドアは閉まった。
　毛布にくるまれているのに、耀くんが出て行った途端、寒さに震えた。
　１本のろうそくに灯された火は、なんだか怖い。
　ガタガタと、風で窓ガラスが音を立てるたびにビクッとした。
　林道を通って途中まで車で迎えが来るとして、それは耀くんが下山してからを考えると、２時間はかかるかもしれない。
　……はぁ……まだ10分しか経ってない。
　ひとりで待つ２時間は、気が遠くなるほど長い時間に思えた。
　眠っちゃえば時間が早く経つと思ったけど、足は痛いし寒いし、それどころじゃなかった。
　おやつに持ってきていたチョコレートを、ひと粒口に入れた。
　寒さに襲われて、肩に掛けた毛布をさらに密着させる。
　それでも、寒さは収まらない。
　相変わらず外では風がゴーゴー吹いていて、ひとつだけある窓はずっとカタカタと不気味な音をたてていた。

怖いよ。耀くん……。

　30分くらいが経過したときだった。
「まひっ！　大丈夫か！」
　開いた扉の前に、息を切らしてさっきよりも泥だらけになった耀くんがいた。
「え……、なんで……？」
　下山して救助を求めに行ったはずの耀くんが。
　どうして？
「良かった……」
　そう言って、毛布ごとあたしを包み込んだ。
「怖くて震えて泣いてると思った」
　耀くんの言葉は、毛布に吸収されていく。
　けど、はっきりあたしの耳に届いた。
「ねぇ……どうして耀くんが……」
　抱きしめられていることよりも、今、ここに耀くんがいることに驚いて。
「救助が来るまで、まひをひとりになんてしとけねーよ。班の奴らに追いついて、速攻で下りて救助よこすように頼んできた」
　みんな随分下に下りていたはずなのに。
　顔に跳ね返った泥。
　切れた息。
　耀くんは、そこからまたダッシュで山を登って来たの？
　考えただけでも胸がいっぱいになった。

「耀くんの……バカ」
　ありがとうって言わなくちゃいけないのに。
　ありがとうと大好きが溢れすぎて、そんな言葉になってしまった。
「ふっ……ひでー、まひ……」
　毛布に顔をつけたまま、耀くんが笑う。
　乱れた呼吸に、ギュッと胸が締めつけられた。
　耀くんの息づかい。
　濡れた髪、頬……。
　全てが愛おしいと思った。
　耀くんが、ゆっくり顔を上げる。
「まひのためなら、なんだってできるよ」
　またこうして。
　耀くんは、あたしの心をさらっていく。
「……ありが……とう」
　この人を好きになって良かった。
　本気で思った……。
　それから耀くんは、ずっとあたしの横で、しっかり肩を抱いてくれていた。
　耀くんが隣に居るから、もう寒くなんてない。
　ろうそくは半分くらい溶けた。
　風もやんで辺りは穏やかになってきた。
　そんな中。
　突然耀くんが語りだす。
「むかーしむかし、あるところにヨタロウというひとりの

若者がおりました」
「プッ……昔話?」
　なにを言うかと思ったら、昔話を始める耀くん。
　思わず吹きだした。
「ヨタロウは、とある町娘に一目惚れしたそうな……」
「日本昔ばなし?」
「その娘は、マヨルという名で、毎日せっせと働いておった」
　耀くんは、あたしの茶々にも反応しないで話を続けた。
「恥ずかしがり屋のヨタロウは、話しかけることもできず、マヨルのこと毎日遠くから見つめておったそうな」
　……こんな話、あったっけ?
「あるとき、マヨルが怪我をして倒れているところへヨタロウが遭遇し……」
「わっ、チャンス到来!」
　日本昔ばなしさながらの語り口調に聞き入っていたあたしは、思わず声を上げた。
　耀くんがふっと笑う。
「ヨタロウは一生懸命彼女のために手を尽くし、おかげでマヨルの怪我は大事に至らずに済み……」
「うんうん」
「見た目同様、真っ直ぐで心の綺麗なマヨルに、ヨタロウはますます惹かれていったそうじゃ」
「ふんふん」
「それからふたりは毎日決まった時間に落ち合い、互いのことを話す仲になって行き…、そして……。ヨタロウはつ

いに気持ちが抑えきれなくなった……」
　そのまま、じっと一点を見つめて口をつぐむ耀くん。
「……で？　どうなったの……？　想いは伝えたの？　恋は実ったの？」
　先をせかすあたしに、耀くんは溜息をひとつ。
「まひ、ニブすぎ」
「……え？　どういう意……」
　聞き返そうとした瞬間だった。
　突然、唇(くちびる)を塞(ふさ)がれたのは。
　耀くんの唇が、あたしに触れている。
　濡れた前髪が、目元をくすぐる。
　え……。
　なにが起こった……？
　全てが停止して、瞬きも忘れた。
　1、2、3……。
　状況は理解できていないけど、心の中で秒数だけはカウントされていく。
　……5。
「まひが、ニブすぎるから……」
　耀くんがゆっくり唇を離した。
　そのあとは、正面を向いたまま口を閉ざした。
　前にふたりで夕陽を見たときと一緒だ。
　けど、今回はその姿勢をすぐに崩し、
「……ごめん……つい……」
　謝る耀くん。

「まひ……怒った？」
　バツの悪そうな耀くんの顔を見て、初めてキスされたんだと理解できた。
　今さら心臓が暴れだす。
「……よな……」
　頭を下げて、耀くんは小さく声を落とす。
　怒るわけ……。
「……ゴメン」
　──ドクンッ。
　謝らないで。
　ビックリしたけど……嬉しかった。
"つい"でもなんでもいい。
「火、消えちゃったな」
　気まずそうにあたしの前から離れて、耀くんが新しいろうそくに火を灯した。
　その背中が、すごく罪悪感を背負っているように見えた。
　あたしに、キスしたこと……。
　キスの直前に言われたニブイって言葉を思いだす。
　あっ……。
　さっきの話……。
　もしかして、昔話のヨタロウは耀くんで、マヨルは……あたし？
　ハッ……として、耀くんの手元を見つめる。今ごろ気づいたあたしって、なんてバカなんだろう……。
　耀くんの言う通り、ニブすぎるよね。

「耀くんっ……あたし」
　言わなきゃ。
"好き"
　あたしも耀くんのことずっと見てたっ……て。
　耀くんが昔話に乗せて勇気を出してくれたように、今ここで言わないとこの距離は変わらない。
　もう、耀くんからは言ってくれない。
　そんな気がしたから。
「あたしっ……」
　──バタンッ！
「羽鳥！　大丈夫か！」
　そのとき。
　勢いよく扉が開いて飛び込んできたのは、成瀬先生とこの山の管理者らしき人。
「…………」
　タイミング、悪すぎ。
　あれだけ待っていた救助だったけど。
　……今、来ないでよ……。
「センセー遅いっすよ～」
　それはいつもの耀くんで。
　完全に、さっきまでの空気は取り払われた。
「あ～、相当腫れてるな。痛かっただろう」
　管理人さんに応急手当をしてもらう。
　そのあと、あたしは成瀬先生におぶわれて林道まで向かい車へ乗り込んだ。

あたしの隣に成瀬先生、耀くんは助手席に座った。
「耀太、ありがとうな。班長としての点を200点やる」
「その200点て、どこに加算されるんスか」
「ん？　俺の心の中のポイントだ」
「ははっ。なんかあんまり嬉しくないなー」
　サイドミラーに映る耀くん。
　肘が邪魔して顔が見えない。
"班長として"。
　その言葉を否定しない耀くんの心の中も見えない。
　耀くん、今、なに考えてる？
　嬉しかった。
　ありがとう。
　好き。
　足の痛みも消し去ってしまうくらいの魔法のキスは、あたしに勇気と自信を与えてくれた。
　耀くんの後ろ姿を見ながら強く思う。
　ヨタロウとマヨルの恋の続きは、"耀太"と"まひろ"で。
　絶対にハッピーエンドの恋にする……と。

【耀太】
　自分でも驚いた。
　まさかまひにキスするなんて。
　まひの気持ち聞いてないのに、反則だよな。
　なんか、すげー困った顔したようにも見えたし。

"つい"とか言って。
サイテーだ……。
あの日から、俺は自己嫌悪に陥っていた。
まひはしばらく安静が必要らしく、ここ数日休んでいる。
まひに会えないなんて考えらんないのに、気持ちを整理するためにも、まひが休んでいるのは助かった。
「なんか悩みごと？」
俺の肩を叩いたのは拓弥。
「あ……」
「なにボーっとしてんの？　あ、羽鳥今日も休みだもんなー」
空席になっている隣を見て、憐れむように俺の頭を撫でる。
「そんなんじゃねーし！」
強く言ってその腕をどかす。
図星だからこそ、そういうのが余計腹立つ。
「ムキになっちゃって。分かりやすいんだよな〜。耀クンは」
「…………」
「なあ、なんかあっただろ。山登りで」
……女子かよテメェ。
噂は早いし、こういうカンも鋭い。
「なんもねー」
「嘘つけ！　俺の目を見て言ってみろ」
って言ったところで、こう返されるのはシナリオ通りだから、

「キスした」
「…………!!!」
　ほらな。
　なにも言えなくなってやんの。
「ママママ、マジかよ!!!!」
　なんかあるって自信たっぷりで聞いたの、そっちじゃねえかよ。
　大げさに驚くその顔に、俺が引く。
「マジだよ」
「……驚いた。耀太にそんな行動力があったなんて」
「いや、それほどでも……」
「いやいやいやいや、ほんとすげーって!!」
　まるで、神でも見ているかのように崇（あが）められる。
「じゃあ、毎日お見舞いとか行っちゃってるわけ!?」
「…………」
「あ？　どうなのよ、そこんとこ。詳しく聞かせてくれよ」
　前の椅子にまたがって興味津々に聞く拓弥の目は、見たことないくらい輝いていた。
　……ほんとに女子だ。コイツ。
「だって、つき合ってんだろ？」
　その質問に、唇をこれでもかってくらい尖（とが）らせて考える。
　……が。
　考えるまでもない。
「つき合ってない」
「は……？」

そもそも強引に奪った唇だし。
拓弥は、マヌケな顔をしたまま固まった。
経緯を話すと『それでもよくやったよ』と、拓弥は俺を褒めた。
褒められるようなことをしたとはこれっぽちも思ってないから、複雑な気分だった。
ダチはこういうときそんなふうに言うんだろうが、きっと紺野に言ったら蹴り飛ばされるだろうな。
最近、紺野の視線が痛いのもそのせいか？
まひが紺野に話しているかと思うと、紺野の顔すらまともに見られない。
これでまひが学校に出てきたら、どうすりゃいいんだよ。
……ああ。
あと先考えずに行動した自分を呪いたい。
「そうだ。地区予選のことだけどよぉ！」
思いだしたように、拓弥がそんな話題を振った。
「…………」
忘れかけていたことを思いだして、俺は天を仰いだ。
県大会では優勝した。
【鳥人八神復活！】なんて、地元紙ではデカデカと取りあげられたが、俺は複雑な気分だった。
華々しい復活なんて望んでいたわけじゃない。
力まずやったら結果がついてきただけ。
次の地区予選の成績で、インターハイに行けるかどうかが決まる。

拓弥も、短距離で地区予選への切符を手に入れていた。
「次は楽に勝たしてもらえそうもね～しな～。調整にも気合が入るぜ！」
　そう言う拓弥の気持ちは、明後日の方向。
　去年は出場を逃したが、今年こそはと、１年間取り組んで来た。
　強豪校の英才教育になんか負けない、雑草魂を見せてやるって意気込んでいる。
　順当にいけば、拓弥は大丈夫だろう。
「……そうだな」
　それに返事する俺は、昨日の方向……。
　大会と聞いた途端、冷める自分。
　インターハイ出場を懸けた地区予選。
　俺が出る意味はあるのか。
　俺が今跳んでいる理由はなんなのか。
　模索し続けていた。

懸ける想い

　耀くんに会ったらなんて言おう。
　目、合わせられるかな。
　気まずくなったらどうしよう。
　休んでいる間、そればっかり考えていた。
　山で別れて以来、電話もメールもしてないし。
　ドキドキしながら登校したあたしを待っていたのは、意外にもあっさりした耀くんだった。
「まひ、足の具合どう？」
「うん……。もうほとんどよくなった……」
「良かった〜。風邪もひかなかったか？」
「大丈夫。……心配かけてごめんね」
　好き……とか。
　そういう空気なんて全然なくて。
　あのときの気持ちは時効に。
　あのときのキスは幻に……。
　……そんな気さえした。

　キスの感触さえ、マシュマロに触れていたんじゃないかって思えるほど、変わらない日常を送っていたころ。
「まひ、今度家に来てくれないか？」
　そんな言葉に、久々にドキドキした。
　突然家って……。

なんだろう。
　でも。
"来ないか？"じゃなくて"来てくれないか？"。
　これは耀くんのお誘いじゃなくて、誰かのお願いってことだよね。
　こんなときに、難しい日本語の解釈が教科書通りにできちゃう。
　……単純にデートに誘われたわけじゃない。
「実はさ、優飛がまひに会いたがってて……」
　言葉に詰まったあたしに、耀くんが少し言いにくそうに言った。
「優飛ちゃん……？　あたしも会いたいな」
　優飛ちゃんの可愛い笑顔を思いだして、行くと返事をした。

　早速次の日曜日に行くことになり、駅に迎えに行くと言って約束の11時に現れた耀くんは、なぜか制服姿だった。
「おっす、まひ」
「うん。どうしたの？　制服着て……」
　気合いを入れて来たわけじゃないけど、おうちの人もいるかと思ってそれなりに気をつかって洋服を選んだ。
　それなのに耀くんが制服だから、あたしも制服を着て来なきゃいけなかった？……と、一瞬焦る。
「あ、ゴメン。俺はこれから部活なんだ」
「部活!?　……あっ……、そうなんだ……」

当然、耀くんも一緒にいると思っていた。
　今日１日一緒に過ごせると期待していた自分に、バツが悪くなる。
「言ってなかったっけ」
　聞いてない……。
　首を横に振ると、
「ゴメン……」
　小さい声で耀くんらしくない謝り方をした。
　耀くんがいるかいないかは重大なのに、多分耀くんは、自分がいないことは重要だと思っていなかったんだね。
　だから、あえて言う必要もないって思ったのかな。
　……ってことは……。
　もしかして、あたしひとりで耀くんの家に……？
　それってちょっと……。
　驚愕の事実に言葉をなくしていると、
「やっぱ……、無理だよな……」
　耀くんは苦笑いした。
「だ、大丈夫！」
　これでも一応楽しみにしてきたし、今さら帰るつもりなんてない。
　違う意味で緊張が高まったけど、耀くんに案内されるがまま家へ向かった。
「はじめましてっ！　羽鳥まひろです……っ」
　だって、好きな人のお母さん。
　そんな人を前にして、あたしの緊張は半端ない。

お嫁に行くわけでもないのに、カチコチに固まった。
「いらっしゃい。よく来てくれたわね。耀太の母です。今日はごめんなさいね？　優飛の我儘(わがまま)につき合ってもらっちゃって」
　優しい笑顔が素敵なお母さん。
　ニッコリ笑う目元が、耀くんそっくりだった。
「いえ、こちらこそお招きいただきましてありがとうございます」
「大事なお休みを潰(つぶ)させてしまったわよね」
「そんなことないです。お休みが潰れたんじゃなくて、楽しみができたんです。優飛ちゃんのおかげで」
　日曜日なんて、暇(ひま)を持て余しているだけ。
　嘘じゃなくて、本当に楽しみだったもん。
　だって、好きな人の家に行けるなんて……ね？
「そう言ってもらえると嬉しいわ。さ、上がって？」
「まひおねえちゃーん!!」
　と同時に、奥から飛びだしてきた優飛ちゃんが、あたしにまとわりついてくる。
「優飛ちゃん！」
　輝いた目がこの間と変わらず愛らしい。
　優飛ちゃんを見て、緊張も吹っ飛んだ。
「じゃあ、俺行ってくる」
　そんな光景を見てホッとしたのか、耀くんから声が掛かった。
　半歩後ろを振り返れば、柔らかく微笑んでいる耀くんが

いて。
　あっ……。
「悪いな、まひ」
「気にしないでってば。いってらっしゃい」
「おぅ。じゃ、また」
　耀くんがいなくても、もう大丈夫そう。
　温かく迎え入れてもらえたおかげで、笑顔で見送る余裕もできた。
　優飛ちゃんとは折り紙をしたり、絵を描いたりお人形で遊んだりした。
　お昼には、耀くんのお母さん特製のチャーハンも御馳走(ごちそう)になった。
　そして午後。
　すっかり気が緩んできた所へ、また試練がやってきた。
　耀くんのお父さんが帰って来たのだ。
　お医者さんだって言っていたし。
　とっつきにくい人だったらどうしよう。
　おどおどしながら挨拶した。
「はじめまして。羽鳥まひろです」
「お～、あなたがまひお姉ちゃんですか。いつも耀太と優飛がお世話になっています」
　すごく安心するようなリアクションを取ってくれて、心配するに足らなかった。
　それどころか、あたし達の中に混じって来て、一緒に遊び始める。

少しふくよかで、ひげを生やした気のいいお医者さん。
　イメージとは正反対だった。
　耀くんとは血は繋がっていないのに、人懐っこい雰囲気はものすごく似ていると思った。
　小3のときに今のお父さんと親しくなったという耀くんは、その頃からこの人の背中を見て育って来たのかもしれないな。
　そんなことを勝手に思った。
　すっかり、八神家のみなさんとも打ち解けたころ。
「ただいまー」
　耀くんが、帰って来た。
　えっ。
　時計を見て驚く。
　もう5時だった。
　遊びに夢中になりすぎて、時間が経つのに気づかなかったよ……。
「じゃあ、そろそろあたし帰りますね」
　耀くんと入れ替わりなのは残念だけど、仕方ないな。
　時間も時間だし、手早く片付け始めた。
　すると、夕飯も食べて行ってと勧めてくれたお母さんと、帰っちゃイヤだって駄々をこねた優飛ちゃん。
　なんだか帰りづらいな……そう思ったあたしの気持ちを、耀くんが察してくれたのか言った。
「これ以上ワガママ言ったら、もうまひお姉ちゃんは遊んでくれないからな」

子供は素直。
　すぐにうんって頷いて、お兄ちゃんの言うことを聞いたおりこうな優飛ちゃん。
「ごめんね。また来るから遊ぼうね」
　そんな勝手な約束を小さな小指に絡ませて、あたしは八神家をあとにした。

『駅まで送る』
『帰り方は分かるから大丈夫！　帰って来たばっかりで疲れてるでしょ？　いいって！』
『俺が送りたいんだ』
　言いきった耀くんの言葉に甘えてしまい、今あたしは駅までの道のりを耀くんと一緒に歩いている。
　あたしの歩幅に合わせてくれる耀くん。
　ふたつ並んだ影を見て、なんだかくすぐったい気持ちになった。
　駅まではおよそ15分。
　あたしにとっては、大事な大事な時間……。
「サンキューな、まひ。幼稚園の先生代わりみたいなことさせちまって。嫌じゃなかったか？」
「ううん。あたしの方が楽しんじゃった。誘ってくれてありがとう」
「俺がいなかったのに悪かったな」
「ううん。耀くんいなくても全然大丈夫だったよ」
「……あっそ。それはそれで微妙だけど……」

「ん？　なにか言った？」
「いや、別に」
「ふふっ。はじめまして、優飛ちゃんのお友達の羽鳥まひろです」
　ちょっとふて腐れた耀くんを笑い、おどけて自己紹介した。
「なんだよそれー。まあ、優飛も喜んでたし本当助かった」
「あたしでよければいつでも」
「ああ。マジで嫌じゃなかったらいつでも遊びに来て」
「うん。勝手に約束しちゃったし」
　耀くんはいなかったけど、結局そんなこと全然問題じゃなかった。
　素敵なお母さんやお父さんにも会えたし、来て良かったと心から思う。
「ねえ、日曜日にまで練習って、そんなに陸上部って部活熱心なの？」
　テニス部は、土日に部活なんてないから不思議に思って尋ねた。
　すると意外な言葉が返ってくる。
「ああ。大会近いからな」
「大会？」
「来週の日曜、地区予選なんだ。一応……、インターハイを懸けた」
「そっか……そんな時期だったんだね」
　インターハイなんて、テニス部には関係なさすぎてすっ

かり忘れてたよ……。
　大会か……。
　大観衆の中で跳ぶ、耀くんが見られるってこと？
　じゃあ、あたしも見に行けるのかな……。
　期待に胸が躍って頬が緩んだ直後、
「えっ!?　じゃあ県大会通過したのっ!?」
　地区予選だのインターハイだの、すごい言葉が並んでいるけど……。
　次が地区大会ってことは……。
　事態を把握して慌てる。
「……まぁ、一応な……」
　そう呟いた耀くんの顔は、少し翳っていて。
「けど俺、出るかわかんねぇ」
「…………？」
　続けた意外な言葉に、あたしは足が止まった。
　数歩先で、耀くんも足を止めた。
「俺さ……」
　耀くんの言葉を待つ。
「……別に記録が欲しくて跳んでるわけじゃないし。大会とか、はっきり言ってカンケーない」
　言いきった耀くん。
　どう返していいか、分からなかった。
　耀くんの実力は桁外れだ。
　ただ、『もったいないよ』なんて、そんな軽々しい言葉を掛けちゃいけないことだけははっきり分かった。

凛ちゃんからは、中学生時代の耀くんの話を聞いていたから……。
　悔しい思いをしたことも。
　投げやりになっていたことも。
　どうやって、またハイジャンへの道を歩みだしたのかは分からないけど。そう言うからには、耀くんなりの想いがあるんだよね……。
「優飛の名前、俺がつけたんだ」
　ふいに、耀くんが言った。
「俺と優飛、半分しか繋がってねぇじゃん。だから親父達も色々考えてくれたんじゃないかな」
　横顔を、覗いた。
　さっきの話とどんな脈絡があるんだろう……。
　そんなことを思いながら。
　返事を返せていないままだったあたし。
　探るように出した言葉は、本音だった。
「……そうだったんだ。すごく、ステキだと思う。好きだよ？優飛って名前」
　字も音も。
"優しく飛ぶ"。
　綺麗で真っ直ぐ。
　ハイジャンを愛する耀くんを連想させる名前。
　耀くんがつけたと聞いて、余計に共感できた。
「サンキュ……」
　真顔だった顔が、ふっと緩む。

「そのころはさ、朝から晩までハイジャンのこと考えてた。みんな女子とかに興味持ち始めてんのに。今考えたらバカかよってくらいに」

　当時の自分を思いだしているのか、いつものクシャッとした笑顔になる。

　そのころの耀くんにはもう会えないから、あたしも想像して笑った。

　好きな女の子、いなかったんだ……。

　変な所に安心したりして。

「優飛ってのは、俺がハイジャンを初めて見たときの印象そのまま。そして俺の願望だったんだ。そんなふうに跳びたいっていう。親父達もいい名前だって、賛成してくれて。でも……」

　耀くんの顔が曇る。

「ハイジャンやめて……、優飛にそんな安易な名前つけた自分が許せなかった。結局そんな程度だったくせに、妹には一生背負わせるような名前つけたこと」

「……っ」

　今、耀くんは、あの場面に巻き戻っている。

　思いだしたくない、過去に……。

　あたしは、そのときの耀くんを知らない。

　手のひらには、ジワリと汗が浮かんだ。

「……名前が呼べなくなった。……顔が見れなくなった。優飛を見ると、思いだすから……」

　耳をすまさないと聞き逃してしまうほど、小さく放った

最後の言葉に、居たたまれなくなる。
「……すごく好きだったから…。……跳ぶことが」
　大好きなものを手放した辛さ。
　どれだけ、耀くんは苦しんだんだろう。
　……ある記憶が蘇る。
『いい名前してんね……』
　あの日のこと。
　あたしの名前も同じだったんじゃないかと思った。
　だから、聞く。
「あたしの……名前も……？」
　本当は、否定してほしかった……けど。
「……ごめん。あれ、皮肉だった……」
「いい……よ……」
　無理して繕(つくろ)った。
　……辛そうだったから。
　分かる。
　仕方がない。
　好きすぎたんだよね。
「ゴメンな、まひ」
　涙が……溢れて来た。
　一瞬でもあたしの存在が、耀くんを傷つけていたのなら。
あたしは悔しいよ……。
「今はそんなこと、まったく思ってないから」
「……ん」
　そんなあたしの肩を、耀くんはそっと抱いた。

「やめちゃいけないって想いと、でもできないって想いが交差して、すげー苦しかった……」
　胸の中で耀くんの声を聞く。
「好きなことを職業にするなってよく言うだろ？　なんか分かる気がするんだ。贅沢かもしんねーし、それほど情熱がないって言われたら、そうなのかもしんねーけど……」
　違う。
　耀くんは、誰よりもハイジャンを愛してるから。
　嫌いになりたくなかっただけだよ。
　でも。
　分かったふうな口が利きたくなくて、言えなかった。
　そして。
　初めて、耀くんの弱い部分を覗いた。
「だから俺、迷ってる……」

　それからの耀くんは、随分考え込んでいるみたいだった。
　グラウンドの耀くんにも笑顔がない。
　ここまで思いつめたような表情を見るのは初めて。
　いつもの集中力も、なくなっているように思えた。
　大丈夫。耀くんはただ、いつものように跳べばいいの。
　そんな言葉も掛けられないほどに。
　あたしはテニスコートから、そんな耀くんを見守るしかできなかった。
　そして大会３日前。
　大会に出場することを、拓弥くんづてに聞いた。

跳ぶ意味

【耀太】
　地区大会を明日に控えた放課後。
　着替えを済ませて、シューズに履き替える。
「耀くん！」
　グラウンドへ飛びだそうとしたところで、後ろから呼び止められた。
　まひだった。
「ん？　まひ、どーした？」
　少し赤い顔をして、息を切らしている。
「ちょっと、いい？」
　まひに弱音を吐いたりして、ほんと情けないと思った。
　なんであんなこと、まひに言ったのかも分からなかった。
　拓弥にも、誰にも、言ったことのない苦悩。
　傷つけるようなことも言ったのに、まひは俺を責めなかった。
『……違う』
　そう否定する余裕もなかったんだ……。
　連れて来られたのは、校舎脇にある水飲み場。
　こんな呼びだし。
　なんだかドキドキする。
　まさか告白とかっ……？
　……ないな。

「部活前の忙しいときにごめんね？」

申し訳なさそうに、まひが言った。

「大丈夫」

さらっと言って感情を隠す。

それにしても、さっき教室で手を振ったばかりだったのになんだ？

「えっと……」

少し躊躇（ためら）ったあと、まひは後ろで組んでいた手をパッと前に差しだした。

俺の顔を見ず、俯き加減に。

「……り……」

「え？　なに？」

声が小さくて聞きとれない。

つーか、グラウンドの声がうるさくて。

まひの言葉を拾おうと、俺は1歩前へ出る。

「あの……、あの……」

口ごもっているまひの手には、小さな紙袋。

差しだされたのだから受け取っていいのだろうと、それに手を伸ばすと「あっ」とまひが声を漏らした。

……ん？

取ったらダメなのか？

だから、その手を引っ込めたけど、

「耀くんにあげる！」

今度は押しつけるように、無理やり俺の手に載せた。

「なに」

思わず含み笑いが漏れた。
　まひのしたいことが分からなくて、そんな姿が可愛いなんて思いながら。
「……お守り」
　まひが小さく呟いた。
「お守り？」
　貰ったそれを掲げてみる。
　白い紙袋の中身が光に透けた。
　水色の長方形のものが目に映る。
「あっ、こんなの渡したからって気負わないでね。別に優勝してほしいとか、インターハイに行ってほしいとか思ってるわけじゃないから」
「……？」
「ああっ、それも……変だよね。もちろん頑張ってほしいって思ってるよ？……っていうのも変かっ……」
「…………」
「誤解しないでね!?　頑張ってほしいっていうのは、結果のことじゃなくてなんていうか……」
　口下手なまひが、一生懸命気持ちを伝えようとしてくれていることが、すごく嬉しかった。
　明日の地区予選。
　俺は出場することに決めた。
　けど、出場を躊躇っていた俺に、プレッシャーを与えないようにしてくれているんだろ？
　気持ちは分かったから、もういいよって言おうとした

き。
「あたしね……去年、耀くんが跳んでるところ、見たの」
「……去年？」
　不思議なことを言うまひに、首を捻った。
　去年、俺はハイジャンなんて跳んでいない。
　短距離に転向し、ただがむしゃらに走っていただけ。
「入学したばっかりのころ。放課後、誰もいないグラウンドで。空に溶けてくあの飛躍。綺麗で、見惚れた……。それからずっと忘れられなかった。誰だかわからなかったけど、いつも探してた」
「…………」
「そして、今年の春、もう一度見つけた。それが……耀くんだったの……」
　入学したてのころ。
　これで封印すると決めた、最後の跳躍。
　それを、まひが。
　……見てた……？
　——ドクンッ。
　期待にも似た感情が、胸を叩いた。
「内緒な……って言ったの、耀くんだよね」
「……っ！」
　嘘かと思った。
　暗くて、顔は分からなくて。
　でも、未練がましく跳んだことを知られたくなくて。
　あのとき俺は言ったんだ。

「……まひ……だったのか……？」
　俺達は、出会っていたんだ。
　テニスコートから注がれるまひの視線の先に、俺はいつも嫉妬していた。
　誰かを恋しがるような視線の先の相手に。
　……それは、俺？
　いつものまひの視線は。
　俺を探していたのか……？
「無事に跳んでほしい。これはそういうお守りだから」
「……まひ」
「耀くんが空を舞う姿が、ただ見たいだけなの……」
　許されるなら抱きしめたかった。
　抱きしめてキスしたかった。
　──その代わり。
「跳ぶよ」
「え？」
「俺が跳ぶ意味、今、分かったから」
　ずっと心の中にあった迷いが、全て吹っ切れた。
　怖かったんだ、本当は。
　期待もプレッシャーもはねのけて挑んでも。
　大会に出れば"あの八神"だと言われる。
　負けたくないと思う。
　闘志が剥きだしになって、ハイジャンのことしか考えられなくなる自分が、怖かった。
　でも、そんなものを一瞬で溶かしてしまった。

まひの言葉が。
「だから」
「…………」
「見ててくれ」
「…………」
「ちゃんと見ててくれ」
　俺が跳ぶ意味は。
　確かにあった。
　こんなにも俺の側に……。
　誰かのために跳びたいなんて思ったのは、初めてだったんだ。

　＊＊＊

　告白したみたいに緊張した。
　告白なんてしたことないけど、きっとこんな感じなんだと思った。
　それに……言っちゃった。
　あのとき見ていたのが、あたしだって。
　やっぱり耀くんは気づいていなかったんだ。
　あの暗闇じゃ、お互い分からなかったよね。
　耀くんの言葉にもドキドキした。
　真剣な目で見つめられて、もう心臓破裂しそうだったよ。
　お守りを渡そうと思ったのは、耀くんが大会に出ると聞

いたあと。
　小さな神社でご利益のほどは分からないけど、お守りをもらってきたんだ。
　耀くんは、こんなお守りに左右なんてされないだろうけど。
　耀くんの想いを聞いたら、あたしにできることはこれくらいしかないって思った。
　——ただ、見守る。
　それでも、なにか形にできたらいいと思って。
　耀くんの気持ちは、あたしが心配するまでもないくらい大会へ向かっていた。
　もう大丈夫だね。
　ああっ。
　恥ずかしくて、今日はもう陸上部の方を見られそうもないよ……。
　テニス部が集まっている金網の向こうでは、みんながストレッチを始めていた。
　急がないと。
　陸上部を振り返ることなく、テニスコートへ向かおうとすると、
「まひろちゃん」
　誰かに肩を叩かれた。
「…………？」
　おかげで、向かないはずだった後ろを反射的に振り返ってしまう。

そこには。
ジャージ姿の先輩。
どこかで見た笑顔。
「えっと……」
「こんにちは！」
「あっ！」
　陸上部マネージャーの、千夏先輩だった。
「こんにちは……」
　会うのは、耀くんと優飛ちゃんと一緒にいたあの日以来。
　あたしを覚えていたことにちょっと驚く。
「今、ちょっといいかな？」
「あたし……ですか……？」
　陸上部のマネージャーさんがあたしに一体……。
　昇降口前のベンチを指され、ドキドキしながらあとをついて行った。
　千夏先輩がベンチに腰を下ろしたので、あたしも隣に座った。
「まひろちゃん、耀太のこと好きでしょ」
「えっ!?　……なっ、なにを言うんですか!?」
　なにかと思えば。
　一度しか話したことない先輩に唐突にそんなことを言われ、あたしはたった今座ったばかりのベンチから跳びあがった。
　千夏先輩って、超能力者？
　それともあたしが隠しきれてなかった？

どっちにしたって、好きな人が他人にバレるのはすごく恥ずかしくて、挙動不審なくらいあたふたした。
「可愛い〜。まひろちゃんてば素直なんだね〜」
「……って、あっ……、そのっ……」
「もうたまらなく可愛いよ〜」
「……うっ……」
　否定もできずに真っ赤になり、俯きながらモジモジしていると、
「ごめんね、さっき見ちゃったんだ」
「へっ!?」
「水飲み場の前でさ」
　もっとビックリするようなことを言う。
「ああっ……、あれですか……」
「そ」
　千夏先輩は可愛らしくウインクする。
　その姿に、先日のゴーイングマイウェイな千夏先輩の姿を思いだした。
　ああ……うぅっ……。
　……お守りを渡していたところ、見られちゃったんだ。
　あんなとこで堂々と向き合っていたら、気になる人は見ちゃうよね。
　それにしても、見られていた人が悪かったな……。
「それにさ、まひろちゃんいつもコート越しに耀太ばっかり見てるから」
　あたしがこんなに慌てているのに、またしてもサラッと

言う。
「〜〜〜っ……」
　遠慮を知らない千夏先輩。
　そこは、見て見ぬふりしてほしかったんですけど……。
「そこも……見られてたんですね……」
　でも、千夏先輩みたいな人は憎めなくて好きだし。
　もう認める発言をしてしまった。
「でも、つき合ってはないですからっ……」
　そう付け加えた。
　すると、
「あなた達ふたりすごくいい感じなのに。早くくっついちゃいなさいよ」
　なにやってんの？って感じに肩を叩かれた。
「うっ……」
　そんなの願ってもないことだけど。
　……願うだけじゃ叶わないんだよね。
　そうなれるものなら……。
　その手段とタイミングを教えてほしいくらい。
　まさか、耀くんにもこんなこと言ってるの？
　逆を想像すると、いてもたってもいられないくらいドキドキした。
　恐る恐る千夏先輩を見る。
　なんか、ニヤニヤしながら足をぶらぶらしてるけど。
　魂胆は一体なんだろう。
　違う意味でドキドキしてきた。

「明日、まひろちゃんは見に来るの？」
「えっと……、行く予定なんですけど、いい……ですか？」
「あははは、なにビビってんの？　取って食いやしないわよ」
　おどおどしながら答えると、千夏先輩は大声を出して笑い、
「もちろんいいに決まってるじゃない。耀太の跳躍って綺麗だもんねー。あたしも初めて見たとき感動しちゃったよ」
　跳躍のシーンを思い浮かべているのか、少し遠い目をした。
「あたしも……」
　あのときの耀くんの姿が、瞼の裏にハッキリ浮かびあがった。
　一瞬で心を奪われたくらいだもん……。
　忘れっこない。
「鳥みたいだっていう比喩。耀太にはぴったりだと思う」
　千夏先輩は言う。
　価値観を分かちあえる人に出会って、すごく嬉しかった。
　ますます千夏先輩に好感を抱く。
「まひろちゃんは知ってる……かな。……耀太、色々あったじゃない」
「……はい」
　間接的にだけど……。
「だから大会になるとどーも逃げ腰でさ。いざグラウンドに立ったら怖いもんなしだけど、そこまでのモチベーショ

ンがね」
　千夏先輩は苦笑いした。
　なんとなくわかる。
　誰もが憧れるインターハイを懸けた試合を迷うくらい。
　いつもの元気だってなかったし……。
「明日の大会は１日掛かりなんだけどさ、そこでまひろちゃんにお願いがあるのよ」
「……お願い……ですか？」
「まひろちゃんと耀太をくっつける作戦も兼ねてね。お弁当作っちゃおう作戦なんてどお？」
「え？　えぇっ!?」
「試合のときって、お昼はお弁当屋さんで一括注文なの。でもさ、耀太の奴は偏食でね。まあ味覚が幼児レベルなのよね。それじゃあ力もつかないっつーの」
「…………」
「そこで、まひろちゃんが耀太にお弁当でも作って来てくれたらなーって思うわけよ」
　……思うわけよ……って。
　ダーッと言われてなにがなんだか分からなかった。
「とにかく、まひろちゃんのお弁当でインターハイ出場間違いナシ！」
「えっとぉ……」
「ねっ！」
　……ねっ……って。
　ゴクリと唾をのむ。

……やっぱり千夏先輩って、ゴーイングマイウェイだ。
「あたしごときが、そんな出すぎた真似していいんでしょうか……」
　……っていうか。
　あたしはピンチに陥っていた。
　手作り弁当……なんて、絶対的不得意分野なのだ。
「まひろちゃんだからいいんじゃない」
「あたし……？」
「そう！　耀太はまひろちゃんのこと、好きに決まってんだから」
「あはははは……」
　それはどうでしょう。
　相変わらずゴーイングマイウェイな千夏先輩には、苦笑いしか返せない。
　けど、千夏先輩にそう言われると、消えかかっていた期待が蘇って来る。
　夢だったと思い込むようになっていたキスの感触も。
　間接的な、告白も。
　思い込みって、大事かもしれない。
　部員をよく把握している千夏先輩が、「耀太はコレが好きだ」とかの情報をあたしに植えつける。
　それはもう作って来いと、言われているようなもの。
　それを、一生懸命生徒手帳にメモっているあたし……。
　お弁当か……。
　あたしに作れるかなぁ。

そんなことを思いながらも、帰り道、あたしの足は自然とスーパーへ向かっていた。

【耀太】
「なーに耀太。すごいやる気じゃない？」
　スポーツドリンクを渡してくるのは、千夏先輩。
　イメトレをしながら何本か跳び終えた俺に、声を掛けて来た。
　慌ててポケットから手を抜く。
「お疲れッス」
　それを受け取って、喉へ流し込んだ。
　ポケットの中には、さっきまひから貰ったお守り。
「明日イケそう？」
　見透かしたように言う千夏先輩にバツが悪くて、無言のまま空になったボトルを押しつけた。
　いつも適当なことばっかり言って来るくせに、たまにビシッと的を射ているから不思議だ。
「しっかし耀太に拓弥に、今年の２年はすごいわよね。これ以上緑ヶ浜有名にしてどーすんの。１年の部員が増えちゃってまとめるの大変なのよ!?」
　そんな皮肉を言いながらもすごく嬉しそうだ。
　サッカー部へ仮入部した奴が陸上部へ流れ。
　アメフト部へ仮入部した奴が陸上部へ流れ。
　なにに惹かれたのか分かんねぇけど、同じグラウンドで

練習している陸上部に心を奪われたらしい。
「拓弥の走りやアンタの跳躍に惚れたのよ」なんて千夏先輩は言ってるけど、どーだか。
　確かにハイジャンもそう。
　経験がないのに、高校から始めたいと入部してきたやつもいた。
　今年、拓弥はインターハイ確実だろうし、来年なんてもっとすごいことになるんだろうな。
「別に知ったこっちゃねーよ。学校の為に跳んでるわけじゃないし」
　フッ……。俺は鼻で笑った。
「あら、じゃあ誰のために跳んでるの？」
「バッ、バカ。自分のために決まってんだろうが！」
「なんでバカなのよ。なんにも言ってないじゃない」
「…………」
　さっき、気づいたばかりの気持ち。
　勝手に見透かされたと勘違いして、墓穴を掘ってしまった。
「とにかく明日、頑張んなさいよ？」
「……へーい……」

　日が落ちて、白いバーが視界から消えたころ。
　俺は部室へ戻った。
　ポケットの中へ手を忍ばせる。
　そこには、まひから貰ったスカイブルーのお守り。

俺が明日、目に焼きつけるような鮮やかな青。
　絶対まひのために。
　結果なんかどうでもいい。
　今までで、一番綺麗な形で。
　空に舞う俺を見せてあげたい。
　まひを笑顔いっぱいにしたら、俺はまひに想いを……。
　──バン"。
　そのとき、部室に入ってくる人の気配を感じて、俺は思わず投げるようにそれをロッカーへしまった。
「おっつー！」
　そう言いながら入って来たのは拓弥。
「まっ、まだいたのかよ」
　俺が最後だと思っていたから焦った。
　見ると、拓弥のスポーツバッグはまだ残っていた。
「あ？」
　一点を見つめている拓弥。
　視線の先は、俺が触れたままのロッカー。
「あっ、別になんでもねーよっ！」
　その手を隠すように体の後ろへ回し、組んだ。
「は？　なんか隠した？」
　聞かれてもないくせに、またしても墓穴を掘る俺はなんなのだろう……。
「なんもねーって！」
　その手を上げて『ほら！』と強調する。
「ま、別にいーけど？」

珍しくそれ以上突っ込んで来ることもなく、拓弥は着替え始める。
「明日……」
　ジワリと広がった手汗をズボンで拭っていると、拓弥が突然真面目な声になった。
「ぜってーインターハイの切符を勝ちとる」
　口にすれば叶う。
　そうとでも言うように、意気込みを前面に押しだした。
　その顔には並々ならぬ闘志がみなぎっていた。
「ああ。俺も」
　負けずに俺も力強く口にすると。
「あれ？　耀太もやる気になったのか？」
「バーカ。俺はいつだってマジだ」
「…………!?」
　いきなりやる気になった俺が、相当不思議らしい。
　思いっきり目を丸くしていた。
「ぷっ」
「ハハッ！」
　ふたりで笑いあって部室のベンチに並んで座る。
　試合前のいい緊張感。
　久々にこんな気持ち味わった。
「やるからには、最高の跳躍を拓弥にも見せてやるぜ。期待してろよ」
「期待していいのか？」
「ああ」

「それでこそ耀太だ」
 拓弥の顔が輝いた。
「拓弥には感謝してるぜ」
「柄にもねーことを」
「いや、マジで……」
 拓弥がこの学校にいなかったら、俺は陸上を続けていない。
 拓弥の言葉がなかったら、ハイジャンを再開することはなかった。
 二度と跳んでいなかった。
 まひも……俺を探し当てることはできなかった。
「行けたらいいな。一緒に、インターハイ……」
 まひに最高の跳躍をみせて、それが結果となるなら。
 インターハイへ行きたい。
 強く願った。
 明日の自分を想像して、ゆっくりと、目を閉じた……。

第 3 章

意地悪な神様

　翌日の早朝。
　いつもの休みなら、まだ静かな羽鳥家のキッチン。
　それが、今朝は慌ただしくフル稼働。
　ナポリタンに鶏のから揚げにウインナーに卵焼き。
　幼児の味覚って、こんな感じかな……。
　千夏先輩に言われて。
　あたしは今、ダメもとでお弁当作りに挑戦していたりする。
　失敗しちゃったら、持って行かなければいいんだし。
「ふわぁ〜。あーんたなにやってんの？　こんなに朝早くから」
「お姉ちゃんっ！」
　突然お姉ちゃんがリビングに下りて来て、あたしは慌てふためいた。
「まひろがこんなに早起きなんて、雪でも降るんじゃないの？　ふわぁ〜」
　大あくびをかきながら、カーテンを開ける。
　雪どころか雨だって降りそうもない、真っ青な空。
　降り注ぐ太陽に目を細めた。
　耀くんが空を舞う姿が瞼の裏に映る。
「なに作ってんの？」
「ヤダ来ないで！」

キッチンに入ってくるお姉ちゃんを阻止しようとしたけど。
「わ、お弁当？　えー？　ピクニックにでも行くわけ？」
　当たり前だけど見つかって、当たり前だけど目を丸くされた。
「ん、まあそんなとこ。見てると作れないからあっち行って！」
「手伝ってあげよっか？」
「いーって！」
　揚げ物なんかしたことなくて、おっかなビックリ油の海へ鶏肉を落とす。
「わーっ！」
　気泡が弾けただけで菜箸（さいばし）を放り投げ、キッチンの片隅へ避難。
「もう。危なっかしくて見てらんないわよ……」
「…………」
「あんたも、男のために弁当作るようになるとはね〜」
「だからそんなんじゃないって！」
「苦しい言い訳はしないしない」
　そう言いながら腕まくりをして、油の中で泳ぐ鶏肉を菜箸で転がし始めるのはお姉ちゃん。
「揚げ物してるときは、側を離れちゃダメなのよ？」
「……はい」
　助手、まひろ。
　お姉ちゃんの脇にぴったりくっつく。

料理が得意なお姉ちゃんは、こんな妹が放っておけなかったみたい。
　結局、お姉ちゃんに半分手伝ってもらい、特製スペシャル弁当が完成した。
　あたしひとりじゃ間に合わなかったな、きっと。
　色どりバッチリ。
　愛情たっぷり。
　味は……。
　耀くんが美食家じゃないことを祈ろう。
「美味しいって言ってもらえるといいね」
「うん！　ありがと、お姉ちゃん！」
　今日は自転車に乗らず、最寄り駅まで歩いて行った。
　耀くん、喜んでくれるかな。
『うまいよ、まひ』
　嘘でもそう言ってもらえたら。
　息、止まっちゃうかもしれない。
　お弁当が崩れないように、胸の真ん中にしっかり抱えた。

　競技場の前まで着くと、千夏先輩を発見した。
　腕時計をチラチラ見ながら、誰かが来るのを待っている様子。
「おはようございます！」
「あっ、まひろちゃんっ……」
　声を掛けると、緊迫した声で返された。
　いつもと感じの違う千夏先輩。

「どうかしました？」
　違和感を覚えた。
「それがね、耀太がまだ来ないの。待ち合わせの駅にも姿を見せなくて、先に来たんだけどまだ……」
「えっ!?」
　千夏先輩の言葉に胸がざわつく。
　耀くんがまだ来ていない……？
　そんなこと。
　携帯で時間をチェックすると、聞いていた陸上部の到着時刻はかなりすぎていた。
　放課後、練習にはいつも一番に飛び出す耀くん。
　こんな大事な大会の日に遅刻なんて、あり得ない。
「あたし電話してみます！」
　慌てて携帯を取りだして耀くんの番号を押す。
「それがさっきから何度も掛けてるんだけど、繋がらないの」
"お客様のおかけになった番号は……"
　千夏先輩の言う通り、あたしの耳には電源が入っていないというメッセージが流れた。
　……どうしたの。
　耀くん――。
「まひろちゃんは……なにも聞いてないのよね……」
「はい……」
「とりあえず……顧問に報告してくるわ」
「あたしも行きますっ！」

恐らく部外者は立ち入り禁止のフィールド。
　あたしは構わず千夏先輩のあとを追った。
　そこには、本番を前にアップに余念がない選手がたくさんいた。
　千夏先輩が顧問の澤井先生になにかを告げると、澤井先生は難しい顔をして腕組みをする。
　遠くには、本番さながらハイジャンを跳ぶ選手も……。
　その中に、耀くんがいない。
「まひろ！」
　上から声が掛かり見上げると、ちょうど真後ろに位置するスタンドの最前列に凛ちゃんがいた。
　身を乗りだして、あたしに手を振っている。
「凛ちゃんっ！」
「耀太が来てないって大騒ぎになってるけど、まひろなにか聞いてる!?」
　あたしは首を横に振った。
「耀太の奴どうしたんだろ。まさか怖くなって逃げたとか」
「そんなっ……」
　絶対にそれだけはないと、あたしは凛ちゃんのいる真下まで駆け寄った。
　そんなの、一生懸命頑張ってる耀くんに対して失礼だよ。
　けど……。
「ないとも言えないよ。あの出来事を側で見て来たあたしには、その可能性は捨てられない」
　そんなことを真顔で言われて、あたしの不安は一層募る。

あたしはそのときの耀くんを知らない。
　まさか、凛ちゃんの言うようにインターハイという、夢のような舞台を目前にして、あのときの恐怖が蘇ったなんて……。
　そんなことない。
　思い直してあたしはひとり、頭を強く振った。
"跳ぶよ"
　あたしが昨日最後に見たのは、凛々しい目だった。
"見ててくれ"
　そう言った耀くんの瞳、本気だった。
　あたしの渡したお守りを握りしめて、約束してくれたもん。
　あたしは耀くんを信じたい
　だから、絶対に来る――。
「なんだって!?」
　そのとき。
　ひと際大きい声が、あたり一帯に響いた。
　携帯を耳にあて顔を強張らせていたのは、応援要員で駆けつけていたと思われる体育の本多先生。
　ざわついた会場内で、誰もそんな光景には気づいていない。
　それでも、あたしはピリピリと張りつめたものを感じ取った。
　電話を終えると、本多先生は澤井先生になにか耳打ちをする。

澤井先生の顔は一気に曇った。
「あのっ、……八神くんになにかあったんですか？」
　まだ耀くんに関することかどうかも分からないのに、あたしはふたりの間に割り込んだ。
　本多先生は一度あたしを見たけど、なにも言わずに澤井先生に話を続けた。
「病院へは私が向かいます。他の生徒には、試合が終わるまで言わない方が……」
　……病院!?
　すぐに千夏先輩が呼ばれ、本多先生からなにやら説明を受ける。
　千夏先輩の顔も、澤井先生と同じように一瞬にして曇った。
「千夏先輩っ！」
「ま、まひろちゃん……」
「耀くんがどうかしたんですか!?」
「…………」
　目を伏せ、顔を歪めるその表情に、予感は確信へと変わり体中が震えだす。
「千夏！　早くしろ！」
　本多先生の声に千夏先輩は我に返り顔をあげると、あたしを避けるように駆けだした。
「千夏先輩!!」
　駐車場へ走りだすふたりのあとを懸命に追いかける。
　大事に抱えて来たお弁当は、もうぐちゃぐちゃかもしれ

郵便はがき

お手数ですが 切手をおはり ください。	

1 0 4 - 0 0 3 1

東京都中央区京橋1-3-1
八重洲口大栄ビル7階

スターツ出版(株) 書籍編集部
愛読者アンケート係

(フリガナ)
氏　名

住　所　〒

TEL　　　　　　　　　　　　携帯／PHS

E-Mailアドレス

年齢　　　　　　　　　　　　性別

職業
1. 学生 (小・中・高・大学(院)・専門学校)　　2. 会社員・公務員
3. 会社・団体役員　4. パート・アルバイト　　5. 自営業
6. 自由業 (　　　　　　　　　　　　　　　　)　7. 主婦　8. 無職
9. その他 (　　　　　　　　　　　　　　　　　　　　　　　　　　)

今後、小社から新刊等の各種ご案内やアンケートのお願いをお送りしてもよろしいですか?
1. はい　2. いいえ　3. すでに届いている

※お手数ですが裏面もご記入ください。

お客様の情報を統計調査データとして使用するために利用させていただきます。
また頂いた個人情報に弊社からのお知らせをお送りさせて頂く場合があります。
　　　　　　　個人情報保護管理責任者:スターツ出版株式会社 販売部 部長
　　　　　　　　　　　　　　　　　　　　連絡先:TEL 03-6202-0311

愛読者カード

お買い上げいただき、ありがとうございました!
今後の編集の参考にさせていただきますので、
下記の設問にお答えいただければ幸いです。よろしくお願いいたします。

本書のタイトル（　　　　　　　　　　　　　　　　　　　　　　　　　　）

ご購入の理由は？　1.内容に興味がある　2.タイトルにひかれた　3.カバー（装丁）が好き　4.帯（表紙に巻いてある言葉）にひかれた　5.本の巻末広告を見て 6.ケータイ小説サイト「野いちご」を見て　7.友達からの口コミ　8.雑誌・紹介記事をみて　9.本でしか読めない番外編や追加エピソードがある　10.著者のファンだから　11.あらすじを見て　12.その他（　　　　　　　　　　　　　　　　　　　　　　　　　　　　）

本書を読んだ感想は？　1.とても満足　2.満足　3.ふつう　4.不満

本書の作品をケータイ小説サイト「野いちご」で読んだことがありますか？
1.読んだ　2.途中まで読んだ　3.読んだことがない　4.「野いちご」を知らない

上の質問で、1または2と答えた人に質問です。「野いちご」で読んだことのある作品を、本でもご購入された理由は？　1.また読み返したいから　2.いつでも読めるように手元においておきたいから　3.カバー（装丁）が良かったから　4.著者のファンだから　5.その他（　　　　　　　　　　　　　　　　　　　　　　　　　　　　　）

1カ月に何冊くらいケータイ小説を本で買いますか？　1.1～2冊買う　2.3冊以上買う　3.不定期で時々買う　4.昔はよく買っていたが今はめったに買わない　5.今回はじめて買った

本を選ぶときに参考にするものは？　1.友達からの口コミ　2.書店で見て　3.ホームページ　4.雑誌　5.テレビ　6.その他（　　　　　　　　　　　　　　　）

スマホ、ケータイは持ってますか？
1.スマホを持っている　2.ガラケーを持っている　3.持っていない

学校で朝読書の時間はありますか？　1.ある　2.今年からなくなった　3.昔はあった　4.ない

ご意見・ご感想をお聞かせください。

文庫化希望の作品があったら教えて下さい。

学校や生活の中で、興味関心のあること、悩みごとなどあれば、教えてください。

いただいたご意見を本の帯または新聞・雑誌・インターネット等の広告に使用させていただいてもよろしいですか？　1.よい　2.匿名ならOK　3.不可

ご協力、ありがとうございました!

ない。
　それでもあたしは走った。
「千夏先輩っ！」
　車に乗り込もうとした千夏先輩の腕を掴む。
「まひろちゃん……」
　振り返った千夏先輩の顔は、今にも泣きだしそうだった。
　その顔を見てさらに確信する。
　それでも。
「耀くんに……なにかあったんでしょ……？　あたしも……一緒に連れてって下さい……」
　耀くんになにかあったなら。
　こんな所で、じっとなんかしていられない。
　無言のまま見つめ合ったあたし達。
「さっきから羽鳥はなんだ」
　本多先生の声に、苛立ちが込められる。
　……あたしは……。
「耀太の彼女です」
　……え？
　そう言ったのは千夏先輩。
　目を丸くして千夏先輩を見る。
「……そう……なのか？」
　本多先生の問いに。
　コクン。
　そんなの嘘だけど。
　千夏先輩の言葉は、この事態が耀くんに関係しているこ

とを決定づけた。
　だからあたしは、迷うことなく首を縦に下ろしたのだ。
「まひろちゃん……」
「……先輩……」
「あのね……。耀太が事故に遭ったらしいの……」
「……っ」
　一瞬にして目の前が真っ暗になる。
　血の気が引き、全身が冷たくなっていく。
　倒れそうになったあたしを、千夏先輩が支えた。
「しっかりしてまひろちゃん！」
「…………」
　いつもみたいに明るく笑って言ってほしかった。
　嘘だよって言ってほしかった。
　けど。
　千夏先輩の口元が弧を描くことはなかった。
「あたし達は、これから耀太のいる病院へ行く」
　マネージャーとしての毅然とした態度。
"どうする？"そう問われている気がした。
　耀くんの身になにが起きたのかは分からない。
「行かせて下さい」
　それでも。
　向かう先に耀くんがいるなら。
　どんなことになっていようとも、耀くんの元へ行きたい。
　強い想いを口にした。
「行くなら早く乗れっ！」

本多先生は険しい顔のままだったけど、あたしが同行することを許可してくれた。
　あたしは拳を握りしめながら、千夏先輩の機転に感謝して車へ乗り込む。
　まだ一報を受けた段階だから、実際に病院へ行ってみるまでは詳しいことは分からないみたい。
　どんな事故だったの……？
　耀くんは大丈夫なのっ……？
　車の中では、誰もなにも喋らない。
　なにかにすがってないと、いてもたってもいられなくて、あたしは千夏先輩の手をずっと握っていた。
　どうして。
　どうしてこんな日に。
　新しい一歩をまた踏み出そうとした耀くんに。
　神様は、意地悪だ。

"救命救急センター入り口"
　そこはテレビでしか目にしたことのない場所で、実際足を踏み入れるなんて思わなかった。
　バタバタ走り回る人の足音。
　怒号のように飛び交う人の声。
　……戦場みたいだった。
　この光景に怯(ひる)むあたし達3人は、耀くんのことを誰に尋ねていいかも分からず立ちつくすだけ。
「あっ……」

そんなとき。

慌ただしく動く医師や看護師さんの中に、見覚えのある人を見つけた。

それは——。

「おじさんっ！」

この病院の外科病棟で働いている、耀くんのお父さん。

「……？　まひろさんっ!?」

あたしが声を掛けると、おじさんはこっちに向かって駆けてきた。

白衣に身を包んだその姿は、この間と随分印象が違った。

「耀くんはっ、あのっ、耀くんは……!!」

あたしはなりふり構わず、おじさんにしがみついた。

だって救命救急センターに運ばれてくるなんて、ただごととは思えなくて。

「耀くん……っ……」

呼吸が苦しい。

名前ばかり繰り返して、その先が出てこない。

「……ああ。私もさっきまでオペ中でね。これから耀太の所へ行く」

そんなあたしの肩を摩るようにしながら、おじさんも低く声を漏らすだけ。

耀くんがここへ運ばれてくるのは二度目。

今度は、自分の息子として。

そんなおじさんの額には汗が滲んでいて、この間の陽気な姿とはまるで違った。

「緑ヶ浜高校の教諭で、本多と言いますが……」
　そこへ、緊張した声で本多先生が割って入った。
「……お世話になっております。耀太の父です」
「えっ、八神君のお父さんっ…!?」
　本多先生は驚いたような声をあげた。
「あの……、耀太君の事故は……」
　けれどすぐに、耀くんの容体と事故の経緯について尋ねた。
　おじさんは厳しい顔を崩さない。
　そしてあたしの肩に手を置いたまま重そうに口を開いた。
「……目撃者の話では、自転車に乗っていた耀太が、突然出て来た車を避けようとして、急ハンドルを切ったようです」
「……と言いますと、車にはねられたわけじゃっ……」
「……はい……いわゆる自損事故です……」
　本多先生と千夏先輩が、軽く息をついたのが分かった。
　……もちろんあたしも。
　車との接触じゃないなら……。
　そんなに大きな事故じゃ……。
「しかし、耀太は相当なスピードを出していたようで……」
　ビュンビュンと風を切った、耀くんの後ろ。
　なぜか、そのときに見た流れる景色を思いだしていた。
「耀太が突っこんだ場所というのが……」
　気持ち良かった、耀くんの後ろ。

「あの……不破鉄鋼だったんです」
　誰もが息をのんだ。
　不破鉄鋼って……。
　あの、有刺鉄線が張りめぐらされた、鉄板くずが剥きだしの……。
　それは、去年まで稼働していた鉄鋼所。
　不景気のせいか倒産し、廃材の処理もままならないでその場に放置し、経営者が行方知れずになっている場所だった。
　学校の近くということで、再三行政に撤去を求めていたものの、その見通しが立たず、有刺鉄線を張りめぐらし、中へ入れないよう措置が取られているだけ。
「耀太は、有刺鉄線を飛び越えて……」
　おじさんは、顔を思いっきり歪めた。
「……っ……」
　あの中へ突っ込んだなんて。
　想像しただけでも恐ろしくて体が震えた。
　……耀くん……は……？
　陸上選手にとって、足は命。
　あんなものが、もし、耀くんの大事な足に刺さったとしたら。
　足だけじゃなくて、身体的機能を脅かすような部分を損傷していたら……。
　嘘だ。
　嘘だよ……っ。

恐ろしい光景が頭に浮かび、それを払拭するように目をつぶった。
「意識が……混濁しているようです……」
　声を振り絞るようにおじさんが言った。
　ダンッ……。
　あたしは、膝からそのまま冷たい床に崩れ落ちた。
　そんなっ……。
　全身を、感じたことのない痺れが襲う。
　さっきよりも呼吸が苦しくなって、体が冷たくなった。
　どうして。
　どうして耀くんが……っ……。
　頭の中は真っ白になる。
　この場だけが、水を打ったように静まりかえる。
　しばらく。
　誰も、なにも口にすることはできなかった。
「おじさん……お願い……。耀くんを……助けて……っ」
　あたしには、なにもできない。
　声にならない声で、ただそう言うだけしか。
　祈るだけしか……。
　そして。
「……大丈夫だ。絶対助ける」
　握り返された強いその手を信じるしかなかった。

【耀太】

　ピッ……ピッ……ピッ……。

　鼻を突く嗅ぎなれた匂いと、聞きなれた機械音。

　父さんの最期がフラッシュバック。

　父さん――。

　父さん――。

　耀太……。

　耀太……。

　誰かが俺を呼んでいる。

　父さんか……？

　うっすら射し込んで来た、ひと筋の光。

　その光を求めるように、手を伸ばし大声を上げようとした。

「――ッ……」

「気がついたか!?」

　――親父？

　白衣が目に映る。

　それに母さんと優飛の姿も。

「…………」

　口を開こうとするけれど、うまく喋れない。

「耀太。無理して喋らなくていい。おまえは事故に遭ったんだ」

　……事故？

　把握できない頭で、ぼんやり考えようとすると。

　次の瞬間、母さんが俺のベッドへなだれ込むようにして

泣き崩れた。
　俺は冷静に辺りを見渡して。
　ここがどこなのか、分かった。
　この匂いも、この音も。
　現実のものなんだ…って。
「お……俺……ど……して……事故に……」
　覚えてない。
　ぽっかり切り取られたように、そこだけ不思議と真っ白い俺の記憶。
「うっ……」
　頭に激痛が走った。
「耀太、無理に思いだそうとするな。強く頭を打っているせいで、記憶の一部が欠落しているんだ。ゆっくり……思いだせばいい」
　親父の目も潤んでいた。
　頭を打ったのか……。
　一部記憶がないにしても、家族のことは分かる。
　……記憶喪失になったわけじゃないんだな。
　それでも。
　どうしても思いださなくちゃいけないことがあるような気がして、モヤモヤする。
　なにか……大事なことを……。
「……っ!?　親父！　今日何日!?」
「今日は7月16日だ」
　16日……!?

大会……っ。

そうだ大会だ。

確か大会は、13日だったはず。

こうなる直前の記憶。

「俺……ハイジャン……っ……」

起こそうとした体は、言うことを聞かなかった。

激痛だけが全身を襲う。

「そんなのどうだっていいじゃないの……っ!!」

母さんが、珍しく大きな声で怒鳴った。

「耀太が無事なら、それだけで……っ」

その目からは大粒の涙が零れ落ちた。

いつも優しい母さんの、強い口調と潤んだ瞳。

ハッとした。

最愛の父さんを事故で亡くした母さん。

そのあと、俺も交通事故に遭い、どれだけ母さんを心配させたか。

事故に遭うなんて、最大の親不孝なのに……。

「母さんゴメン……」

痛みの残る腕を、母さんの背中へ伸ばした。

大会に出れなかったことよりも、深く心が痛んだ。

本当に、自分がハイジャンに対して無欲だったことを知る。

無念な想いがあるとすれば……。

まひに交わした約束を果たせなかったことだ。

ようやく、俺の跳ぶ意味を見つけたというのに……。

少し落ち着きを取り戻した頃、親父が事故の詳細を告げた。
「覚えていないかもしれないが、耀太は不破鉄鋼に突っ込んだんだ」
「不破鉄鋼!?」
　ゾッとした。
「俺の体……、どーなってんの……」
　とにかくあちこち痛くて自由が利かない。
　あんなとこに突っ込んだら、神経の１本くらいイカレちまっても不思議じゃない。
　正直、俺はビビッていた。
　だから無理して笑顔を作って聞いた。
「骨折しているが問題ない。今回は残念だったが、しっかりリハビリすればすぐに跳べるようになるさ」
「…………」
「深い傷がなかっただけ奇跡だ。耀太は不死身だな」
「…………」
　心底ホッとした。
　作り笑顔も消え、安堵の溜息をもらす。
　全治１ヶ月。
　世間で言うところでの重症。
　そこから長い、俺の入院生活が始まった。

秘密の時間

"きみ、誰？"

　そう言われたらどうしようかと思った。

　重くて白い扉を開けるまで、10分もかかった。

　でも。

「まひ」

　開けた扉の向こうにあったのは、いつもと同じ笑顔。

　ベッドに横たわり、その体は包帯が巻かれ痛々しいけど、柔らかいその笑顔は、以前と変わらないまま。

「耀くん……？」

　それは正真正銘、あたしの知ってる耀くんで……。

「こうしてちゃんと生きてんだから、泣くなって」

　そんなこと言われても。

　嬉しくて涙が止まらない。

　耀くんは、そんなあたしを困ったように見て、

「もっと近くに来て」

　手を伸ばして来た。

　……トクン。

　耀くんの言葉に胸が反応して、一瞬涙が収まる。

　ゆっくりベッドに近づく。

　会ったら話したいことは山ほどあったのに、いざとなったらなにを話していいのかわからなかった。

　大会に出られなかったこと。

ショックだったよね。
　耀くんの心の傷が心配だった。
　なのに。
「ごめんな、まひ」
「ん？」
「約束守れなくて」
「……約束」
「ああ……。跳ぶ……って、見ててくれ……ってかっこつけときながら」
　耀くんは、悔しそうに呟いた。
「ううん」
　……そんなこと。
　目線を同じにしたくて、あたしはベッド脇の椅子に座った。
「耀くんが、ここにいるだけでいいよ……」
　他にはなにも望まない。
　喋ったら、またじわりと涙が溢れて来た。
「また泣く」
「ううっ……」
「涙禁止！」
　涙を止められないでいると、また耀くんに叱られた。
「せっかく来てくれたんだろ？　笑えって」
　笑い方を教えるように、耀くんは笑って見せた。
　あたしの大好きな、お日様にも負けないような笑顔。
「……うん」

唇に歯を押しつけながら、無理に笑顔を作る。
「それでこそまひだ」
　元気づけなきゃいけないのはあたしなのに、あたしが励まされてる。
　ダメだね。
　これじゃ。
　新たな一歩をまた踏みだそうとしたときに襲った事故。
　中学のときみたいに、大会直前でそれが流れた。
　２回もこんな経験して。
　相当落ち込んでいることを覚悟で行ったけど、耀くんはいつもの耀くんで、怪我してるなんて思えないほどよく話してよく笑った。
「まひを乗せてるときじゃなくて、よかった」
　耀くんが言う。
「ん……？」
「自転車でコケたの」
「あ……」
「笑い話だよな。スピードの出しすぎで突っ込むとか」
　そして「バカだよなー」って笑いながら頭を掻く。
「…………」
　でも、あたしは笑えなかった。
「だって、車とぶつかるのを避けるためにそうなったなら仕方ないよ。耀くんの判断は正しかったんだよ」
　車と接触していたことを考えると、恐ろしかった。
　不破鉄鋼に突っ込んで、五体満足でいられたのも奇跡。

それでも２日も目を覚まさなかった。
　あたし、生きた心地がしなかったんだから。
「ちょっと過剰防衛だったのかもな。まぁ……、事故の前後のことはあんまり覚えてないから、なんとも言えねーけど……。あ、俺って救急車乗ったの２回目。なのにどっちも乗った記憶ねーの。ははっ」
「だから、笑いごとじゃないってば！」
　それでも笑えない事実を面白おかしく話す耀くんに、あたしは呆れながら布団の上をパンと叩いた。
　まったくもう……。
　それでも笑顔を絶やさない耀くんに、生きている証拠なんだと心の中でホッとしながら、肝心なことを聞いた。
「そういえば、あの日どうして学校へ寄ったの？」
　耀くんは大会の朝、学校へ向かっていて事故に遭った。
　集合場所は、競技場だったのに。
　ずっと気になっていたんだ。
「ん？　ああ……、ちょっとな」
　途端に歯切れが悪くなる。
「ちょっとって？」
「ちょっとはちょっとだよ」
「そういう言い方されると、余計に気になるよ」
「おっ？　俺に興味持ってくれた？　……まぁ、ちょっとした忘れモンだ」
　おどけたように言ったあと、耀くんはあたしがお見舞いに持って来たお菓子の箱に手を伸ばした。

「おっ、うまそー」
　中を見ると、目が輝いた。
「日持ちする方がいいと思っておせんべいにしたの」
　話をそらされた気がするけど、まあいいや。
　あたしは箱の口をさらに広げた。
「サンキュー。俺、せんべいすげぇ好き」
「良かったあ。どれがいい？」
「じゃあこれ」
「はいどうぞ」
　不自由そうな手を気づかって、代わりに袋を開けておせんべいを手渡した。
「んー！　ウマイウマイ！」
「やだぁ。ボロボロこぼしすぎ」
「左手じゃ食いづらいんだって。じゃあ食わせてよ」
「……っ……」
「マジで戸惑わないでくれる？」
「もうやだっ……。耀くんのバカッ……」
「ははっ。まひも食うか？　ほらっ」
　ふたりの笑い声が病室に響く。
　すごい幸せだった。
　誰にも邪魔されない、ふたりだけの秘密の時間。
　耀くんがいて、あたしがいる。
　すごく、すごく幸せだった……。

【耀太】
　夏休みに入った。
　入院生活も、もうすぐ２週間を迎えようとしていた。
　テレビのニュースは、連日最高気温の記録更新を伝える。
　予想通りの猛暑。
　熱中症の心配はないが、クーラーの効いた部屋の中に閉じ込められっぱなしで、ある意味病気になりそうだ。
　そろそろ熱く焼けたグラウンドが恋しい。
　このままだと、筋力も衰えちまう。
　背筋、腹筋、ランニング。
　体作りのために日課となっているそれら。
　何年も続けているから、やらないのは気持ちが悪い。
「具合どうだ？」
　唯一無傷で自由の利く左手で握力強化マシンを握りしめていると、病室に親父が入ってきた。
　白衣に身を包んだ親父は、ちょっとカッコイイ。
「今さらなに？　早く退院させてほしいんですけど。夏なのに生っちろいなんて恥ずかしくてたまんねーよ。ほら」
　親父に腕を見せる。
　そこら辺の奴に比べれば、黒い方かもしれないが。
　俺の夏はこんなもんじゃない、焦げたように真っ黒になる。
　具合なんて主治医の親父が一番よく分かっているくせに、そんなこと聞くなよ。
「怪我人は怪我人らしく、大人しくしとけ」

「ケッ。怪我人扱いしやがって」
「怪我人には違いないだろう」
「こんな元気な怪我人、いねーっつーの！」
　なのにこんなとこにいつまでも閉じ込められてりゃ、文句のひとつも言いたくなるんだよ。
　グワーッと握力マシンに力を入れ、その手を返してみる。
「それだけの気力があるんだ。陸上のできない夏、耀太がフラフラしないようにここで監視してるんだ」
　さっき怪我人扱いしていたと思ったら。
　チッ。
　……わけ分かんないことばっか言いやがって。
「いいのかよ、親父」
「なんだ？」
「こんなとこで油売ってて」
「ハハ……油か。これでも一応主治医なんだがな」
　とってつけたように、親父はカルテになにかを記入していく。
「俺なんかより、もっと診てやらなきゃいけない患者がたくさんいるんだろ？　俺なんかいいから早く行けって」
　シッ……と片手で追いだす動作を見せると、
「ああ、じゃあそうするな」
　苦笑いしながら親父は去っていく。
　このとき。
　親父がどんな気持ちで俺を訪ね、笑顔を作っていたかなんて、俺はまだ知らなかった。

会いたい

「うわあっ!!」
　病室へ入るなり、ものすごい音が響いた。
　インターハイが終わり、100メートルで出場した拓弥くんは、３位という素晴らしい成績を残した。
　九州で開催されたから応援には行けなかったけど、テレビにかじりついて応援した。
　今日はその祝賀会を耀くんの病室でやろうってことで、みんなで来たんだけど……。
　ベッドの上の。
　あたしが今、一番会いたいその人が、小さな円錐形(えんすいけい)のものを手に持っていて。
　どうやら、その先端についている紐を引っぱったみたいで。
「やりぃ！　驚いてやんの！」
　そ、そりゃあ驚くって……。
「ちょっとぉー！　ビックリするじゃな〜い」
「用意がいいね〜。さすが耀太クン！」
「どこで調達してきたわけ？」
　耳を塞いだあたしとは違って、さらにテンションを上げて中へ入って行く凛ちゃんと拓弥くんと瞬くん。
「ここっ、病院だよっ！」
　大丈夫なの？　こんな音出して！

心配になるあたしをよそに、まだ袋に残っているクラッカーをパンパン鳴らしだす４人。
　忠告なんて耳に届いてない。
　飛びだすカラフルなリボンは拓弥くんに纏わりつき、あたり一面には火薬の匂いが充満した。
　火災報知機反応しない!?
　もう気が気じゃない。
「コラぁ～!!　またあなた達!?　いい加減にしなさぁい！」
　すっ飛んできた看護師さんの雷が落ちたのは、言うまでもなかった。
　怒られたってへこたれない４人組は、備えつけのテレビでインターハイのビデオを見始めた。
　もちろん大人しく見るはずがない。
　お菓子の袋をパーティー開けして、ジュースをコップにドドドボと注ぎ、まるで本物のパーティー。
　凛ちゃんも、もう男と化して混じっている。
　場所を考えようよ……。
　みんなでお見舞いに来ると、毎回こんな感じ。
　いつまた看護師さんが飛んでくるか、あたしは気が気じゃなかった。
「トランプしようぜー」
　いつの間にか上映会は終わっていたみたい。
　耀くんが、トランプを取りだした。
　全然集中して見れなかったよ……。
「大貧民やろーぜー」

「超久し振り！」
「罰ゲームどうする!?」
　もちろんみんなもノリノリで、罰ゲームの相談を始める。
　……騒ぎは相変わらず。
　耀くんは、テーブルの上に広げたトランプを片手で混ぜ始めた。
　……ズキンッ。
　完治してない右手が痛々しい。
　利き手じゃないそんな姿に、胸が痛んだ。
　あたしは横から手を伸ばして、
「切るね」
　それをまとめて手に取った。
　夏なのに、こんなとこで過ごさなくちゃいけないなんて辛いよね。
　みんなが来たときくらい、はしゃいで溜まったストレスとか発散させたいよね。
　個室だし、お喋りする相手もいなくてつまらないと思う。
　陽気な耀くんだって、実はストレスくらい溜まっているはず。
　今日は多めに見てあげよう。
「サンキューな、まひ」
　この笑顔が、最高に好きだから。
「５回戦やって、５回戦目に貧民と大貧民だったふたりが下の売店のアイスを買ってくる。これに決定したから！」
　罰ゲームが決まったみたい。

あとからの批判は受けつけないからな！と、瞬くんが説明する。
「俺が負けたら？」
「もちろん売店行きに決まってんだろ」
　松葉づえの人がいるのに、なんて過酷な罰ゲーム。
　しかもハンデはないらしい。
「マジかよー。俺負けらんねーじゃん！」
　耀くんの目は本気だった。

　……結果。
「耀くん大丈夫？」
「へーきへーき。なんのこれしきっ……」
　貧民と大貧民……。
　もとい。
　あたしと耀くんは、売店への道のりを歩いていた。
「アイツらほんっと血も涙もねーな。覚えとけっつーの…とっとっと……」
　たまにぐらりと傾く体。
「大丈夫!?」
　あたしより、はるかに身長も高くて重い耀くんの手助けをするのは容易じゃない。
　それでも山登りのときのお返しと思って、一生懸命頑張ったけど……。
「まひが潰れるだろ？」
　……あたしが支えてもらう始末。

これじゃあ、助けているのか邪魔しているのか分かんない。
「……っしょ……っ」
　一歩一歩踏みだす耀くんを見守る。
　……頑張って。
「耀くん、がん……」
　声に出そうとして途中でやめた。
　額に滲む汗を見て。
　……耀くんは、頑張ってる。
　頑張ってる人に頑張って、なんて、これ以上の頑張りを強要するようで避けて来た。
　でもやっぱりエールを送らなくちゃ、いてもたってもいられなくて思わず出そうになった。
　それでも、のみ込んだ。
　誰よりも頑張り屋さんなの、知っているから。
　できるなら、頑張らないでって言ってあげたい。
　怪我するたびにこうやって、努力してきたんだもん。
　……ゆっくりで、いいんだよ。
「なってはいけないふたりが、ペアを組んじゃったね……」
　途中の長椅子でちょっと休憩。
　凛ちゃんは、30分は戻って来ないだろうからひと眠りでもしようかと言っていた。
「そお？　実はちょっとラッキーだったりして」
　汗を拭いながら、耀くんが言う。
「…………」

そんな言葉に、照れて返す言葉が見つからない。
耀くんは、いつだってストレート。
思ったままを言葉に出す。
すごく嬉しい。
つき合っていなくても、このポジションがたまらなく心地いい。
彼女じゃなくても、耀くんの特別でいられる。
このままでもいい。
このときは、本当にそう思ってた。

「オメーら。心して食えよ」
やっとの思いでアイスを買い、かなりの時間をかけて病室へ戻った。
瞬くんはベッドの上に寝っ転がってゲームをしているし、凛ちゃんは本当にうたた寝していた。
「おせーよ！　うわっ、コレ溶けてるし」
「文句言うなら食うな！」
あたしもカップのアイスを手にする。
真夏だし、ここへ戻ってくる間にかなり溶けちゃったみたい。
蓋の裏にもべったりついていた。
早く食べなきゃ。
みんな溶けかけたアイスにギャーギャー言いながらも、美味しそうに食べていた。
「まひ」

盛り上がっているさなか、耀くんがあたしを呼ぶ。
「なあに？」
「インターハイの写真、出来上がったらマネージャーから借りてきてくんねーかな。きっとまとめてファイルするはずだから」
「うん、それなら拓弥くんに……」
　あたしじゃなくて、陸上部のメンバーに頼んだ方が早いし。
　お喋りに夢中な拓弥くんに声を掛けようとして。
「……っ」
　耀くんに腕を掴まれた。
　振り返ると、あたしをじっと見つめる耀くんの瞳とぶつかる。
　………ん……？
「まひに持ってきてほしい」
「あたし……に？」
「また来てもらうための、……口実」
　耀くんが優しく笑う。
「…………」
　あたしも正直になってみようと思った。
　自分の気持ちに。
　だから……。
　あたしも勇気を出して言った。
「あたしも。ここへまた来る理由ができて、嬉しい……」

【耀太】
「母さん、俺マジでいつ退院できんの？　親父から聞いてない？」
　事故から１ヶ月が過ぎて。
　一向に退院の話が出ないことに、さすがにおかしいと思い始めた。
　たまにお見舞いに来てくれるまひに会えるのは嬉しい。
　屋上で他愛もない話をする。
　一緒にアイスクリームを食べる。
　そんなふうにゆっくり流れて行く時間。
　嫌じゃない。
　けど……。
「もうちょっとよ」
「もうちょっとってどれくらい？」
　もう聞き飽きたこのやりとり。
　すぐに聞き返す。
「リハビリだって、まだまだしなきゃいけないでしょ？」
「そんなの、家からでも通えるだろ？」
　いい加減早く家へ帰りたい。
　心は元気なのに、こんなところに閉じ込められっぱなしで、最近はイライラすることが多くなった。
　まひや、みんなが来てくれるときの笑顔も、どこか作り笑いになって来ている。
　そんな自分が嫌になる。
「親父もそうだ……」

「…………」
「あとちょっと、あとちょっとって」
「そ、それはね……」
「ふたりして、俺になにを隠してるわけ？」
「隠すなんて……っ」
　花瓶の花を挿し替えていた母さんの手が、思いっきり動揺した。
　……図星かよ。
　それを確信した今、俺は自分の中で結論付けた疑問をぶつけないわけにはいかなかった。
「もしかして、俺、もう跳べねーの？」
　体に違和感はないが、事故のせいでどこかの機能が弱くなったのかもしれない。
　……それなら、それでもいいんだ。
　もうあのときの俺じゃない。
　まひに見せられなかったことだけが心残りだけど。
　自分でも、不思議な気持ちだった。
「そ、そうじゃないの」
　……またかよ。
　取り繕う母さんを見るのは、もうまっぴらだった。
　イライラが募る。
「跳べないって言われて、俺がショック受けるとでも思ってんの？」
　２年前の怪我。
　荒れに荒れた俺を見て来た母さんの気持ちは分かる。

けど。
　２回も事故して、ハイジャンでも怪我をして。
　体が動かせて、普通に日常生活が送れる有り難みも分かったつもりだ。
　もう、あんときの俺じゃねーし！
「そんなこと思ってないわ」
「だったら、ほんとのこと言えって！」
　ガシャンッ——。
　もう、我慢の限界。
　机の上にあったコップを、手のひらではじいた。
　中身は辺りに零れ、プラスチックのコップは床の上を転がった。
「耀太、落ち着いてっ！」
　……こんなところに閉じ込められている、ストレスもあったんだ。
「はっきり言ってくれよっ!!」
　隠されるってことが、どれだけ辛いか。
　酷（こく）な内容だとしても、正直に話してくれた方がどれだけ気が楽か知れない。
　親父も医者なら、それくらい分かれよっ……！
「耀太……」
「もういい。……ひとりにしてくれ……」
　俺が散らかしたものを母さんが片付ける音を、布団をかぶりながら聞いていた。
　そのうち、母さんの足音が消えた。

あれから数時間。
夕陽が傾きかけて、室内に細長い影を作る。
俺はようやく冷静さを取り戻していた。
母さんにひどいことをしたと、今さら後悔する。
心配と迷惑ばっかり掛けている母さんに、なに苛立ちぶつけてんだ……。
今日はまひ、来んのかな。
無性に会いたかった。
まひのことを考えると心が落ち着く。
キスまでしておきながら、いまだに"好きだ"のひと言が言えない。
……情けねぇ。
何度もまひに気持ちをふっかけては反応を見てる。
これじゃ、まるでガキだな。
おかしくて笑える。
『あたしも。ここへまた来る理由ができて、嬉しい……』
その言葉が、今の俺の支え。
ちょっとは期待してもいいよな？
しばらくして、ノック音が聞こえた。
「まひっ!?」
体を起こすと、
「入るぞ」
……それは聞きたい声じゃなかった。
「親父……」
珍しく、白衣を着ていない親父が入ってきた。

きっと昼間のことは筒抜け。

叱りにでも来たのかよ……。

「勤務もう終わったの？」

様子を窺う。

母さんの話では、今日は当直だと言っていたのに。

白衣を脱いで俺の病室へ来るなんて、妙だな……。

母さんから話を聞いているなら、今日こそはこの質問にきちんと答えてくれるだろう。

「……マジで俺、いつになったら退院できんの？」

父さんにも何度となくぶつけていた質問を、いつものようにふっかけた。

それには答えず、親父は丸い椅子を引き摺り、またがるようにして座った。

同じ高さで目線が合う。

「今日はな、医者としてじゃなくて、耀太の父親として話にきたんだ」

「なんだよ……」

改まって言われ、平気と思っていたのに、胸がざわつく。

ゴクリ。

喉の奥を鳴らす。

ハイジャンなんて。

俺から今さらハイジャンを取りあげたって……。

平気だ。

なにを言われたって平気。

シーツを握りしめ、気持ちを奮い立たせた。

「よく聞けよ」

　親父の話は、事故当日の俺も知らない、予想もしなかった……驚愕の事実だった。

闇の中

　ギラギラした太陽が、グラウンドを照りつける。
　今日も記録を更新しそうなほど朝から暑かった。
　グラウンドには、真っ黒に日焼けした陸上部員。
　インターハイ出場者を出すという快挙を成し遂げた陸上部は、さらに活気が溢れている。
　3泊4日の夏合宿が開けて、久々に目にしたその姿だけど、相変わらずあたしは、追いかける影がなくてつまらない。
　耀くんがいないグラウンドなんて、主役のいない舞台みたいだ。
　いつになれば、ここで跳ぶ耀くんをまた見られるようになるんだろう……。
　早く、ハイジャンを跳ぶ耀くんに会いたいよ……。
「はいこれ！　頼まれてたもの」
「ありがとうございます」
　そんなグラウンドの片隅で。
　千夏先輩から1冊のアルバムを受け取った。
　これには、インターハイの写真が収められている。
　耀くんが見たいと言っていたもの。
"また来てもらうための、……口実"
　こんなのがなくても、会いに行っちゃってるんだけどね……。

「これ見たら、耀太のヤツうずうずして、明日には退院できるくらい復活するんじゃない？」
「ふふっ。耀くんならあり得ますね」
「あっ。それよりまひろちゃんがチューでもした方が早いかっ」
「せんぱっ……!?」
　相変わらずな千夏先輩。
　灼熱地獄のグラウンドで、あたしの体温はさらに上昇した。
　いい加減、慣れなきゃ……。
　いちいちドキドキして顔を赤くしてたら、あたしの体が持たないよ……。
「まあどっちでもいいから、耀太を元気づけて来てよ！」
「はいっ！　ありがとうございますっ！」
　駆け出そうとして、もう一度振り返った。
「千夏先輩！」
「ん？　どした？」
　千夏先輩は、まだこっちを見ていた。
「あたし、頑張ります！」
「え？」
「頑張りますから！」
　誰かに宣言したかったんだ。
　耀くんのこと。
　こんなふうに誰かを好きになるなんて、初めてなの。
　耀くんを好きになって、一生懸命になっている今のあた

し、結構好きだから。
　頑張っている耀くんに負けないように、あたしももっともっと頑張るんだ。
　好きになってもらえるように、頑張るんだ。

　午前だけの部活を終えて、真っ直ぐ向かうのは耀くんの病院。
　全治1ヶ月と言われて、もう1ヶ月が過ぎたのに入院しているのは普通に考えたら不思議。
　それでも。
　耀くんの場合はお父さんが勤めている病院だし、そこまで疑問に思っていなかった。
　お見舞いに来るのは3日ぶり。
　毎日来たいけど、図々しいかなって思うと、3日に一度が限度だったんだ。
「耀くん……っ」
　嬉しさで弾けそうな声を少し抑えて、中へ入った。
　……あ……れ？
　いつもならパジャマ姿の耀くんが『よっ、まひ』そう言って、眩しい笑顔を向けてくれるのに。
「耀……くん？」
　今日は返事がなかった。
　寝てるのかな？
　ベッドに横たわったまま窓の方を向いている。
　その隣にそうっと近寄った。

……っ。
　足が止まる。
　目を開けたまま、一点を見つめている耀くんがいたから。
「耀くん……？」
　聞こえていないのかと思って、もう一度声を掛けた。
　微かに耀くんの瞳が反応したのを見て、
「あの、これ……インターハイの写真、持ってきたんだけど……」
　胸に抱えたアルバムを差しだすと。
　瞳をまた窓に戻した耀くんが、ポツリと言った。
「いらねえ……」
　えっ……。
「いらないって……だって、これ耀くんが……」
　戸惑いながらも、もう一度アルバムを差しだす。
　けれど。
「いらないっつったらいらない」
「…………」
　低くて冷たい声に。
　ゆっくりその手を下ろした。
　耀くん……？
　まるで別人みたいな声だった。
　いつもと違う耀くんに、戸惑いが隠せない。
　どうしたらいいのかわからなくて。
　あたしは、ただそこに立ち尽くすだけ。
　耀くんは枕に体を預けたまま、生気を失ったような目で

ぼんやり窓の外を眺めている。
　沈黙に包まれる病室。
　クーラーから直に注がれる風が、あたしの髪をなびかせた。
　瞬きも。
　顔にかかる髪を払うのも。
　全て忘れて、ただ茫然とそんな耀くんを見つめる。
　ふたりの間を取り巻く、怖いくらいの沈黙。
　耀くんといて、感じたことのない空気。
　そんな中、閉ざされていた口が再び開いた。
　そして、信じられない言葉を放つ。
「──もう……来ないでほしい……」
「……えっ……」
　全身が凍りついた。
"もう……来ないで……"
　それはどういう……。
「……聞こえなかった……？」
　あたしを振り返った耀くん。
　冷たい瞳が、あたしの胸を鋭く射抜く。
「もう、ここへは……」
「……っ……！」
　これ以上、そんな耀くんの言葉を聞くのが耐えられなくて。
　その意味を問うのすら怖くて。
　あたしは病室を飛びだした。

フラフラっとした足取りで廊下へ出て。
　しばらく歩いて目についたベンチへ座った。
　別人みたいだった。
　まったく"生"を伴っていない瞳。
　あたしの知っている耀くんじゃなかった。
　あたし、なにか耀くんの気に障るようなことした？
　３日前にお見舞いに来たときのことを思いだす。
『またな、まひ』
　そう言って、ロビーで手を振って見送ってくれたよね？
　どうして。
　どうして。
　どうして。
　——ダンッ。
　放心状態で壁に背をつけた。
「あれ……君は……」
　聞き覚えのある声に顔を上げると、
「やっぱりまひろさんだ」
「……おじさん……」
　耀くんのお父さんが立っていた。
　会うのは、事故の日以来。
「耀太の見舞いに来てくれたのかな？」
「……はい」
　耀くんとどこか雰囲気の似た優しい顔に、知らず知らずの内に涙が溢れてきた。
「まひろさん？」

突然の涙に驚いたのか、おじさんはあたしの隣に座って肩に手をかけた。
　おじさんは、なにか知ってるのかな。
　耀くんが、あんなふうになっちゃった理由……。
　ただ、虫の居所が悪いとか、そんなんじゃない。
　耀くんは、気分で人にあたるようなことはしないから。
　なにかがあったとしか思えないよ。
「あの……」
　思いきって口を開いた。
「うん？」
「耀くんが……」
「耀太が……？」
「…………」
　なんて言えばいいんだろう。
　やっぱり口をつぐむと、
「耀太は……なにを言った？」
　それは。
　真剣な目だった。
　グッと覗き込むようにして、あたしの瞳を見つめる。
「……っ」
　なにを……って。
「まひろさん……？」
　言いたくない言葉だったけど、なにかを感じ取ったようなおじさんに触発されるように、言葉を滑らせた。
「もう……来ないでほしいって……」

口にして、さらに悲しみが大きくなった。
　そう。
　あたしは耀くんに拒絶されたんだ。
　当たり前のように側にあった笑顔を、向けてもらえない。
　それが、こんなに悲しいことだなんて、知らなかった。
「……他、には？」
　優しく問いかけたおじさんに、あたしは首を振る。
「ううっ……っ……」
　涙が止まらない。
　耀くんに拒絶されることが……、こんなにも苦しいなんて……。
　それ以上喋れなくなったあたしが連れて行かれたのは。
　カンファレンスルームと書かれた部屋だった。
　ただ泣いているだけのあたしの涙が少し乾いたころ。
「いつもお見舞いに来てくれているようで……ありがとう。今日は、耀太が悪かったね……」
　向かい合ったテーブルの上で、おじさんが手を組む。
　あたしは力なく首を横に振った。
「それは……」
　おじさんは、あたしが持っていたアルバムに気づいた。
「耀くんから頼まれていたんです。インターハイの写真を陸上部から借りてくるようにって。そしたら、これもいらないって……言われちゃって……」
　それを机の上に置く。
「そう……」

おじさんは、それを手に取る。
　中を見るでもなく、じっとなにかを考え込むように、そのアルバムを眺めたあと、ゆっくりテーブルの上に戻した。
「耀太は今、こういうものを見られるほど、余裕がなくてね……」
「えっ……」
「まひろさんにそんなことを言ったのも、冷静でいられなかったからだと思うんだ……」
　冷静じゃ、いられない……？
　溜息を交えながら、力なくそう言ったおじさんを食い入るように見つめる。
　合わせた手をおでこにあて、苦しそうな表情を浮かべている。
　事故直後に会ったおじさんとはまた少し違う、痛みを伴ったような顔。
「あのっ……」
　たまらず声を掛けた。
「耀太は今、相当ショック状態にあってね……」
「…………」
「だから、耀太が今言っていることはあまり気にしないでほしい」
　おじさんが、あたしの目をじっと見る。
　……ショック……って。
　冷静じゃいられない…って。
　さっきから紡がれるおじさんの言葉は、あたしにはまっ

たく意味が分からなかった。
「……あの、いったい耀くんになにが」
　涙も全部引っ込んで。
　ドクドクと音を立てて心臓が鳴り始める。
『いらねえ』
　そう言ったときの死んだような目。
　まさかっ……。
「ハイジャンが……できなくなった……とか……」
　まさかだけど。
　口にするのも不謹慎だと思った。
　それでも、耀くんがあんなふうになる理由って……。
　リハビリだって順調だった。
　日常の生活には、支障もないくらい回復してる。
　でも、走ったり跳んだりすることができなくなったの？
　だから、こんなにも入院が長引いてて……。
　それならつじつまが……。
「……いや」
　おじさんは、優しい笑みを浮かべながら首を横に振った。
「ちが……うん……ですか……？」
　その問いかけに、もう一度否定するようにおじさんは大きく首を下ろす。
　ああ……。
　良かった。
　……グレーな妄想(もうそう)が一気に晴れて、鼓動(こどう)が大人しくなる。
　耀くんからハイジャンが奪われる。

それは、一番辛くて苦しいことだと思うから。
　一番恐れていたことが回避されて、あたしはホッとする。
　軽く息を吐いておじさんを見ると。
　……おじさん？
　その表情は晴れていなかった。
　じゃあ……なにが……。
　なにがショックなの……？
「まひろさんには、知っておいてもらった方がいいかもしれないな……」
　決意したような、おじさんの目と言葉に。
　——ドクン。
　またひとつ、大きな鼓動が鳴った。
　ハイジャン以外で、耀くんがこんなふうになること……。
　それは……？
　息をのんで待つあたしに。
　おじさんは、言った。
「耀太はね。……あの事故の加害者なんだよ」
　……加害者……？
　意味が分からなかった。
「あの、それはどういう……」
　加害者もなにも、あれは自損事故で……。
「耀くんが、加害者……って」
「あぁ……」
　おじさんは厳しい顔を崩さない。
「耀くんは車を避けたんですよね？　それって、被害者な

んじゃないですか？」
　その相手は分からないけど、耀くんは被害者だ。
　あたしはずっとそう思っていた。
　少し身を乗りだして言うと。
「車は……関係ないんだ」
　おじさんは、もっと厳しい表情になった。
「実はね。あのとき、あの場所には。耀太と別に……もうひとりいたんだ……」
　もうひとり？
　……それはっ……？
「居合わせた……と言った方が正しいだろう。たまたまそこには歩行者がいてね……」
　歩行者……？
「つまり、耀太が過剰反応をしたせいで……まったく関係のない人を巻き込んでしまったんだ……」
「……っ」
　あたしは手を口に当てる。
「耀太が倒れた場所を覚えているね」
　あたしは頷いた。
「相手の人も、同じなんだ」
　……それって。
「しかも、スピードの出ていた耀太の自転車に跳ね飛ばされるという、最悪の状況でね」
「…………」
　あたしは、口に手を当てた。

完全に言葉を失う。
　耀くんだって、2日間目を覚まさなかった。
　相手の人は……。
　……どうなったの……？
「まさか……」
　声が震える。
「大丈夫だ。生きているよ」
　不謹慎な憶測(おくそく)を取り払うように、おじさんは言った。
「…………」
　良かった。
　それだけで、良かったと思った。
「耀太は、つい昨日までこの事実を知らなくてね……」
「……そう……だったんですか」
「時機を見て話すつもりではいたんだが、なかなかタイミングが見つからなかったんだ……」
　それでもおじさんは。
「いずれ分かることだ。ここまで黙っておいたのだって、無意味だったのかもしれないな……」
　ものすごく辛そうだった。
　耀くん……。
　ごめんなさい。
　そんな辛い事実を聞いたばかりだったなんて。
　ハイジャンのことを、考えている場合じゃないよね。
　なにも知らずにこんなもの持ってきて……。
　あたしは机の上のアルバムに触れる。

「……私達は、最善を尽くした」
　それを手に取りかけて、
「だが……、後遺症（こういしょう）は避けられなかった……」
　──バサッ。
　手が滑ってそれが床に落ちた。
　……え？
「……こうい……しょう…？」
　……誰……が……？
　声が、体が、大きく震えた。
　さっき見た、耀くんの死んだような目。
　絶望の淵にいるような目は……。
「これから耀太、いや……私達は相手の方のために、できる限りのことをしなければならない。まひろさんに会ったり、ハイジャンをしたり……。そういうことは……もう考えられないかもしれない……。だから、耀太のことは、そっとしておいてやってほしい……」
　そう言っておじさんは、ゆっくり頭を下げた。

　──耀くん。
　あたしにできることはなにもないですか？
　あなたの力には、なれませんか──。

第 4 章

見てはいけないもの

　残りの夏休み、あたしは毎日どういうふうに過ごしたか、よく覚えていない。
　部活にも顔を出さないで、家の中に閉じこもっていた。
　ご飯もあんまり喉を通らなかった。
　様子を見に来た凛ちゃんにはすごく心配されたけど、夏風邪と言って誤魔化した。
　全て、暑さのせいにした。
　ようやく、長かった夏休みが終わる……。

　耀くんのいない新学期が始まった。
　すぐに席替えもあり、あたしと耀くんは随分遠くに離れてしまった。
　主のいない机をボーッと見ながら、今日も考えることはただひとつ。
　耀くんに会いたい……。
　でも会いに行く勇気もなかった。
　耀くん、どうしているんだろう。
　大丈夫かな。
　……大丈夫なわけ、ないか……。

　事故から約２ヶ月。
　夏休みが明けても登校してこない耀くんに、クラスメイ

ト達はよっぽどひどい事故だったんだろうと噂している。
『大会の度になにかあるなんて運がなさすぎる』
『かわいそう』
『ショックで、今度こそ復帰できねぇよな』
　なんて言葉を口にしていた。
　退院したのは、知っている。
　耀くんの怪我も、もう完治しているはず。
　問題は……、心なんだと思う。
　とても重くて深い傷。
　自分に置き換えたって想像できない。
　傷の痛みじゃない。
　他人を傷つけてしまったという、完治できない、想像もできない痛み。
　許されるなら力になってあげたい。
　けど、それはきっと思いあがりで、耀くんの苦悩なんてあたしに分かるわけないんだ……。
「……聞いてる？」
　肩を揺さぶられて意識を取り戻した。
　目の前では、凛ちゃんが手を振っていた。
　今回、凛ちゃんとは席が前後になった。
「ごめん、聞いてなかった」
　正直に言うと、もう一度説明してくれた。
「今日、ウチのクラスに転校生が来るんだって！　瞬がかぎつけて来たの」
「転校生？」

首を傾げる。

新学期が始まって2週間も過ぎたのに……今さら？

「すっごい美女だって大騒ぎ。これだから男子ってイヤだよね！」

凛ちゃんは鼻に皺を寄せて、瞬くんの方を見た。

瞬くんは教室の真ん中で、転校生の噂をしているのか男子を従えて一生懸命語っている。

聞いている男子もかなり興奮気味。

「ふぅん……」

そんなのどうでもよくて、あたしはとくに気にも留めなかった。

「今日は新しい仲間を紹介する」

HRにやって来た成瀬先生は、凛ちゃんの話通り転校生を連れてやって来た。

廊下の方に向かって手招きすると、それを合図に女の子が入って来る。

ざわつく教室。

男子が身を乗りだして、その子の姿を見ようと立ちあがる。

前評判だけであんなに騒がれていた子って、どれだけの美女なんだろう。

さっきまでは関心もなかったのに、姿勢をピンと伸ばして入ってくる彼女に、視線を持って行かれた。

真っ直ぐな黒髪は背中の真ん中まで伸びていて、シャン

プーのCMにでも出られそうなくらい綺麗。
　綺麗なのは、もちろん髪だけじゃない。
　透明感のある白い肌。
　力のある、スッとした涼しい目元。
　凛とした顔立ち。
　目を見張るほどの美人だった。
「ヤバくね!?」
「マジめっちゃ綺麗っ!」
　男子の盛り上がり方はハンパない。
　それはもう大興奮。
　あからさまに声を張りあげる男子に、女の子たちは面白くなさそうな顔をしていた。
　だけど。
　あたしも男子と一緒になって、そんな彼女に見惚れてしまった。
「じゃあ挨拶して」
　成瀬先生が促すと
「聖華女学院から編入して参りました、広瀬紗衣と申します。どうぞよろしくお願いいたします」
　彼女は緊張した様子もなく、凛とした表情で、折り目正しい挨拶をした。
「「「……?」」」
　普段耳にすることのない、丁寧な言葉づかい。
　どこのお嬢様なんだろうという振舞いに、ざわついていた男子も無駄口をピタリとやめた。

「聖華女学院だって!」
「なんかワケあり!?」
　そして、今度はその情報を元に蜂の巣をつついたような騒ぎに発展した。
「なんでっ!?」
　凛ちゃんも例外じゃなかった。
　かなりビックリした顔をして一緒に騒ぐ。
　聖華女学院と言えば、誰もが聞いて憧れる超お嬢様学校。
　幼稚部から大学まで一貫教育の、正真正銘のエリート校だ。
　こんな場違いの緑ヶ浜に、どうして？
　それはあたしも同感。
「静かに！　みんなよろしく頼むな。ええと、広瀬の席はあそこで……」
　成瀬先生が、ガヤガヤした教室内を一喝。
　そして、指示した席に彼女が歩き始める。
　まったく教室内の雰囲気なんて気にしてなさそうに。
　そこはあたしのふたつ後ろの席で、彼女が近づいてくる。
「聖華ってめっちゃお嬢学校じゃん!?　なにやらかしたんだろ……」
「凛ちゃんシッ！　聞こえちゃうよ！」
　通りすぎる彼女をチラッと見ると目が合った。
　けど、すぐにそらされてしまった。
　背筋をピンと伸ばしたまま自分の席へ着く。
　長袖のブラウスに、黒いストッキング。

ここの制服を着てはいるけど、着こなしが聖華の名残を感じさせて異彩を放っていた。
「なーんかツンとしてて感じ悪ぅ〜」
　凛ちゃんは負のツボに入ったらしく、奥歯をギシギシ言わせていた。

　パコーン――。
　パコーン――。
　コート内にサーブの音が響き渡る。
　いつものように部活に出ていると、
「まひろ〜ッ!!!」
　凛ちゃんがものすごい勢いで、コートの扉を開けた。
「どうしたの？　凛ちゃん」
　すごい興奮してハァハァ息を切らしている。
「耀太がっ！」
「……っ」
「明日から学校来るんだって!!」
「…………」
「良かったね、まひろ！」
　嬉しそうに告げる凛ちゃんに、あたしはなんて言っていいのか分からない。
「……そうなんだ」
「ん？　どした？」
　もっと喜ぶと思っていたのか。
　不思議そうに顔を覗き込まれる。

耀くん……来るんだ。
会いたくてたまらないのに、正直心の中は複雑だった。
明日耀くんに会って、あたしはどんな顔を見せればいい？
この日が来るのをずっと待っていたけど。
いざとなると、どうしようもなく落ち着かなくなった。

あたしは部活を途中で抜けだした。
やってきたのは部室棟。
陸上部の部室の前で、足を止める。
耀くんに一番近い場所で考えたら、答えが分かる気がしたから。
なのに。
『もう、来ないでほしい……』
最後に聞いた言葉が邪魔をする。
なにも考えられなくする。
あたしへ対しての非難じゃなくて、あのときの耀くんなら仕方ない。
分かってる。
それでも、自信がない。
明日笑顔を見せる自信も。
笑顔をもらえる自信も。
——ガチャ。
そのとき、見つめていた陸上部のドアが開いた。
「羽鳥？　こんなとこでなにしてんの？」

「あ……っと……」
　出てきたのは、拓弥くんだった。
　怪訝な顔をされる。
　開いたドアの向こうには、掲げられた横断幕の数々が見えた。
　耀くんが愛してやまない陸上の痕跡。
　それを見たら、胸が締めつけられた。
「……聞いた？　耀太、明日から来るって……」
　──ドクンッ。
　名前を聞いただけでも不安が広がる胸。
「……うん」
　拓弥くんも知っているのかな。
　耀くんがこれから背負うもののことを。
「耀くん……、ここに戻って……」
　ふいに出した言葉。
　言葉足らずのそれを拓弥くんは理解して、
「多分……無理だと思う」
　辛そうに唇を噛みしめた。
　その表情を見れば、拓弥くんは耀くんに起きた全ての出来事を知っているんだと分かる。
　一瞬の悲劇は、耀くんから色んなものを奪っちゃったんだね。
　悔しいけど。
「仕方……ないよね……」
　沈んだあたしにかけられたのは、思いがけないひと言

だった。
「入る？」
「……え？」
「耀太の部室」
　耀くんの全てがここに詰まってる。
　迷うことなんてなかった。
「……うん」
　ゆっくり、足を踏み入れる。
　中は誰もいなくてがらんとしていた。
　千夏先輩を中心としたマネージャーさん達が掃除しているんだろうけど、かなり雑然としている。
　エッチな雑誌も放置されているし、年季の入った落書きもたくさんある。
「ここ、耀太のロッカー」
「うん」
　指されたロッカーへ近づく。
"八神耀太"
　ゴム印で押された名前のプレートを見て、そっと触れた。
　耀くんが、毎日触れて、毎日汗を流してた。
　……耀くんの場所……。
　涙が、溢れそうになった。
　何気なく取っ手に手を掛けると、
　──カチャ。
　鍵はかかっておらず、灰色の扉は簡単に開いた。
「あ……」

勝手に開けるのは良くないと思い、閉めようとしたけど。
　見覚えのある耀くんの私物を目にして、手を戻せなかった。
　雑誌とか、ジャージとか、スプレーとか。
　なぜか物理の教科書まで。
　そんなにきっちり整理もされていなくて、ほどよく雑然としていた。
　性格がよく出てる……。
「ふふっ……」
　思わず頬が緩む。
　目線を徐々に下から上へ上げて、時間を共有するようにゆっくり耀くんを感じた。
「……え……」
　ちょうど、目線の高さまで顔を上げたとき。
　目にしたものに、体が氷つく。
「……拓弥くん」
　後ろでガサゴソやっていた拓弥くんに声を掛ける。
　ロッカーの方を向いたまま。
「どしたー？」
　間延びした拓弥くんの声が聞こえる。
「耀くんが……あの日、学校へ寄ろうとした理由って……」
『ちょっとした忘れモンだ』
　声が震える。
「あの日って、事故の日？」
「……うん」

「あー……なんか、大事なもん部室に忘れたとか言ってたっけ……」
「…………」
「シューズもユニフォームも忘れるわけねーし、結局なにを忘れたのか教えてくんなかったけど……」
　……大事な……？
　もしかして……。
　——ガシャン！
「羽鳥っ!?」
　あたしは床へ崩れ落ちた。
「どうした!?」
　拓弥くんは、あたしの元へ駆け寄る。
「あたし……あたしっ……」
　体中の震えが止まらなかった。
　耀くんの忘れものって……。
　わざわざ取りに行ったものって……。
　まさか。
　嘘。
　……だけど。
　もしかしたら、あたし。
　取り返しのつかないことを、してしまったのかもしれない……。

　ロッカーの中で、あたしが見たものは。
　あたしが耀くんにあげた、あの、スカイブルーのお守り

だった——。

【耀太】
　——ガシャン！
　部室の中から激しい音が聞こえた。
　部員は練習中のはず。
　こんな時間に、一体誰が……？
　俺は陸上部を退部する。
　明日から学校へ復帰することになっていた俺は、その前に部室のロッカーを整理しておこうと学校へやって来た。
　この時間なら、誰にも部室では会わないだろうと……。
　埃っぽい部室フロア。
　部活開始時間は過ぎているのに、まだ人の気配のする部室に、やっぱり出直そうか、そう思ったとき。
「羽鳥っ!?」
　……拓弥の声……？
　そして、なんで、まひの名前を……。
　どうして部室の中で、まひの名前が……？
　ゆっくりドアノブを回して中を覗いた。
「……っ」
　開放された俺のロッカー。
　その前で、まひがうずくまっていた。
　スッと体が冷たくなる。
　……まさか。

見られた……？
「どうした!?」
「あたし……、あたしっ……」
　拓弥の問いかけに、声を震わせながらうわごとのようになにかを呟くまひ。
　……気づかれ……た？
　俺が、あの日なにをしに学校へ寄ろうとしたのか。
　絶対に知られてはいけない相手に。
　やがて、まひが立ちあがった。
　俺は咄嗟に隣の部室へ逃げ込む。
　その直後。
　バタバタッ……。
　部室を飛びだして走り去る足音が聞こえた。
　きっと、まひの足音だ。
　ゆっくりドアを開けて廊下へ出る。
　長い廊下を駆けて行くまひの背中を見た。
　そんなまひを追うに追えず、ただ見つめる背中も見えた。
　俺はそいつの腕を掴んだ。
「……っ、耀太っ!?」
「ちょっと……」
　驚きの声を上げた拓弥の口を手で塞ぎ、陸上部の部室へ引き入れた。
　久しぶりの部室。
　目に映るもの。匂い。
　体の一部のようにしみ込んでいる。

胸が、熱くなる。
「なんで耀太……、ここいんだよ」
　拓弥は突然現れた俺に、相当面食らっていた。
「今日のうちにここ、整理しときたくて」
　全開になった自分のロッカーに目を向ける。
　見えた。
　あのお守りは、俺が投げ入れた状態のまま置かれていた。
　開ければ、誰だって目に飛び込む……。
　クソッ……。
「もしかして、今の見てたのか……？」
　静かに拓弥が言葉を落とす。
「ああ……」
　見てたとも。
　見られてはいけないものを見られ、俺も見てはいけない場面に遭遇した……。
　まひの苦しそうな声が耳から離れない。
　……辛そうな顔が、脳裏から消えない。
「羽鳥、耀太のロッカー見て震えてたぞ」
　困惑した目と声。
　そんなのはまひだけで十分だったのに、拓弥の視線も痛いほどに突き刺さり、俺は目をそらした。
「なぁ……、なにを見たんだよ……」
　ガンッ──。
　この位置からも見えた〝ソレ〟をわしづかみにして取りだすと、足で扉をぶち壊すように蹴りあげた。

「おいっ！　なにしてんだ……。足っ……!!」
　拓弥が大声で怒鳴る。
　跳びかかるように俺の体を押さえつけた。
「ほっとけよっ!!」
　こんな足なんてもう、どうなったって……っ。
「治ったばっかりだろ！　また悪化したらどうすんだ!!」
「いらねーよ！　こんな足っ……！」
　こんな足……。
　もう……。
　それより、まひはこれを見てなにを思った……？
　自分を責めるのか……？
　それに比べたら──。
　一度閉まった扉は反動で開く。
　どこかのネジが外れたのか、傾きながらふらふらと開閉を繰り返した。
「いいから座れ！」
　俯いたまま答えない俺の体を掴み、拓弥はベンチに強引に座らせた。
「どうしたんだっ！」
　そして、目を剥いて問いかける。
　今はもう勢いをなくし、されるがまま動く、俺。
　手には、あの日以来触れたお守り。
　キックキック、手のひらで握りしめた。
「これ……なんだ……」
　握りしめた手を、ゆっくり拓弥の前に差しだした。

「なんだ？　これ」
「あの日、俺が忘れた大事なモン……」
　俺の手から、拓弥の手に渡る。
「お守り……？」
　そう言って、目の前にスカイブルーのお守りをぶら下げた。
　シワになったそれが、拓弥の顔の前で揺れる。
「大会の前日、まひからもらったんだ……」
「……ええっ!?　じゃあ……取りに行こうとしたものって」
　拓弥は息をのむ。
「……あぁ……」
　その後、この部屋は沈黙に包まれた。
　窓の外から、ホイッスルの音が聞こえてくる。
　俺が、もう二度と戻れない場所──。
　まひのことだ。
　まひはきっと自分を責める。
『お守りなんて渡さなければ……』
　きっとそう言って、自分の行為を悔やむんだ。
「クソッ……」
　握った拳が冷たい床を響かせる。
「……だからあんなに羽鳥、動揺して……」
　全ての意味を悟った拓弥が、声を震わせた。
「もっと……早く取りに来るべきだった……」
　なにをしていたんだ、俺はっ……。
「ごめんっ……俺、なんも知らないで羽鳥をここへ……」

「拓弥のせいじゃない。俺が……悪いんだ」
「けどっ……」
　拓弥はその先を詰まらせた。
　耐えている嗚咽が漏れる。
　……泣くなよ、拓弥。
　泣きたいのは俺だっつーの……。
「まひには……、まひだけには知られたくなかった……」
　そう言った俺は脱力して、そのまま膝から床に崩れ落ちた。
　さっきのまひのように。
　俺がなにを忘れて、なにを取りに学校へ向かったのかをまひは知ったはずだ。
「羽鳥になんて弁解すれば……」
「……いい」
「……えっ……」
「弁解なんて、いいんだ……」
　俺はゆっくり顔を上げた。
　そう。
　明日になれば。
　俺は、もう——。

目をそらせない現実

"どんな顔で会えばいい——？"
その問いかけは、昨日までのものとはまるで意味を変えた。
耀くんが復帰する今日。
あたしはいっそのこと休もうかと思った。
それでも、休む勇気もなかった。
今日休んだら、もう学校には行けない気がしたから。
耀くんは、あのお守りを取りに学校へ行こうとした。
そして事故に遭って……。
……違う。
起こしてしまった。
『もう、来ないでほしい』
やっぱりあれは……、あたしへの率直な非難だったんだよね……。
彼女でもないくせに、あんな出しゃばったことしたから。
耀くんが跳ぶって決めたんだから、それを見守っていればよかったの。
迷ってやっと出場を決めた彼に、お守りなんて。
それがどんなプレッシャーになるかなんてことも分からずに。
お守りを買って満足して。
『ありがとう』……そう言ってもらった、全てあたしの自

己満足だっただけなのかもしれない。
　あたしのお守りのせいで、耀くんは……。
　あの日からやりなおしたいよ。
　耀くんにどんな顔をして会えばいい？
　どんな顔して会えばいいの……。
　けど……。
「はよっ！　まひろ。ついに今日からだね」
「…………」
「な〜にシケた顔してんの？」
　なにも知らない凛ちゃんに罪はないけど、とても笑顔を見せられる状態じゃなかった。
「席替えしちゃったこと知ったら、耀太の奴キレそうだよね。ははっ……」
　明るく言って、耀くんを今か今かと待っている拓弥くんたちの輪の中へ走って行った。
　……もう、席が隣じゃなくて良かった。
　大人しく自分の席について、耀くんが登校してくるのを息を殺すようにして待つ。
「おっす」
　耀くんは、それからすぐに登校してきた。
「耀太ぁ〜っ!!」
「待ってたぞ〜」
「やっぱりお前は不死鳥だな！」
　……ドクンドクン。
　クラスメイトのそんな声を聞いて、頭の先から爪の先ま

で緊張に包まれた。
　振り向きたいけど振り向けない。
「纏わりつくなってー」
　その明るい声が、余計にあたしの胸を締めつけた。
　笑い声を交えて会話しているけど、それが耀くんの100％じゃないと知っているから。
　耀くんは今、どんな顔してるの？
　どんな気持ちでいるの？
　怖くて、耀くんの顔が見れない。
　なにも知らないでお見舞いに行って。
　長い入院生活までさせて。
　その原因の根本を作ったあたしのこと、耀くんはどう見ていたの……？
　憎んでるよね。
　恨んでるよね。
　──あたしのせいだから。
『これから私達は、相手の方のために、できる限りのことをしなければならない』
　あたしが、耀くんの自由を奪った。
　お守りなんて渡さなければ……。
　笑顔なんて作りたくないはず。
　笑いたくなんてないはず。
　そして、あたしの顔なんて見たくないはず。
　──ガタッ。
　いてもたってもいられなくて、席を立った。

「ちょっと、まひろっ!?」
　凛ちゃん呼ばないでっ……。
　脇目も振らずに教室を飛びだす。
　耀くんのいる教室にいることが、耐えられなかったんだ。

　赴(おもむ)くままに動かした足は、屋上へと続く階段を上がっていた。
　今まで来たことはなかったけど、躊躇うことなく重いドアを開けた。
　初めて踏み入る屋上。
　なにもないだだっ広い空間。
　すると人影を見つけた。
　一番隅っこのフェンス前。
　クラスメイトの広瀬さん。
　物憂げな顔をして、視線の先の空を追いかけていた。
「広瀬……さん？」
　気づいたら、声を掛けていた。
　彼女が転入して来て２週間が経とうとしている。
　でも、クラスの子とお喋りしているのは見たことがなくて。
　初めはチヤホヤしていた男子だったけど、一向になびいてくれないことから高嶺(たかね)の華だと気づいたのか、今では纏わりつく人もいなくなっていた。
　こんな時間からこんな所でなにしてるの……？
　休み時間もあまり教室で見かけないと思ったら、屋上に

いたんだ。
　人のことなんて気づかっている場合じゃないのに、なぜか彼女が気になった。
　ビクッ。
　呼びかけた肩が小さく反応した。
「なにしてるの？」
　彼女が見せたのは、いつもの凛とした表情。
「なにって……あなたこそ、なにしに来たの？」
　逆に振られて戸惑う。
「え？」
「今ごろ、クラス大賑わいじゃない？」
「…………」
「羽鳥さんなら、その中心にいると思ったけど」
　今度は妖艶な笑みを浮かべてクスッと笑う。
　……なんのこと？
「じゃあ、代わりに私が行くね？」
　……え？
　行くって、どこへ？
　ふわり。
　いつもはストレートロングの髪が、巻かれていることに気づいた。
　風に乗ってフルーティーな香りも漂ってくる。
　いつもと明らかに印象の違う彼女。
　それと一緒に、あたしの耳に届いたのは——。
「ヨウくんの所……」

足が氷のように固まった。
閉まる寸前の扉の向こうには、彼女の長い足が一瞬見えて
——バタン。
重い扉がその姿を隠した。
ヨウくんってなに……。
ヨウくんって。
……耀くん!?
ハッ……。
我に返ったあたしは、あとを追うように駆けだした。
広瀬さんの言っている意味が分からなかったから。
どうして広瀬さんが、耀くんを……。
急に不安に駆られ、あれだけ遠ざかりたかった教室へ急ぐ。
階段を下りる足がもつれた。
はぁ……はぁ……。
「……っ」
教室に飛び込んで。
目に入ったのは。
耀くんの隣で、微笑む広瀬さん……。
今日の髪型にふさわしい、柔らかな笑み。
今の今まで誰にも見せたことのないような笑顔を、耀くんに見せていた。
どうして広瀬さんが耀くんの隣に？
さっき耀くんを揉みくちゃにしていたクラスメイト達は

弾かれ、今はふたりきりの世界。
　わけがわからなくて、あたしはその場に立ち尽くす。
「ちょっと、なんなのあの子」
　そんなあたしの隣でブツブツ言うのは、ほんとなら耀く
んの隣の席になっているはずの美雪ちゃん。
　胸には、鞄と机の中身一式を抱えて。
「美雪ちゃんどうしたの？」
「あの子、いきなり席交換しろとか言ってきて。ま、彼女
の席一番後ろだったし、なんかもうめんどくさいから交換
しちゃったけど」
　そう言って、美雪ちゃんは広瀬さんが昨日まで座ってい
た席についた。
　耀くんも、同じような笑顔で言葉を交わしている。
　ふたりは知り合いなの……？
"耀くん"
　どうして親しげに呼ぶの……？
「まひろってば、どこ行ってたのよ！」
「凛ちゃん……」
「あの転校生って、耀太の知り合いなのかな……」
「……わかんない……」
　腕を組み、うなる凛ちゃんに答えるあたしは、気が気じゃ
なかった。
　いつの間にか、歯車はゆっくりと違う向きへと回転を始
めていた。
　もう、手を伸ばせば届く距離に、耀くんはいないのです

か……？

「まひろ、もう食べないの？」
　ほとんど手をつけずに御馳走様をしたあたしに、お母さんはまたしかめっ面。
「朝も食べない夜も食べない。一体学校でなにをどれだけ食べてるのかしら」
　呆れたように言うお母さんをよそに、お茶碗を流しへ運び自分の部屋へ向かった。
　ドアを閉めたら、一気に現実に引き戻された。
　耀くんと、広瀬さん。
　目をつぶったら、耀くんの隣で微笑む彼女の顔が脳裏に鮮明に映しだされた。
　怖くなって目を開ける。
"耀くん"
"耀くん"
"耀くん"
　呪文のように繰り返される広瀬さんの言葉。
　イトコ？
　幼なじみ？
　……彼女……？
　妄想は底をつかず果てしない。
　いつの間にか眠りについて――。
　チチチチチ……。
　鳥がさえずる朝を迎えていた。

「え……、もう朝……」
　目覚めの悪い朝。
　頭が冴えるまでにも時間がかかった。
　シャワーを浴びて、学校へ行く準備をする。
　いつもより時間のある朝だけど、朝ごはんだって到底食べる気は起きない。
　ゆっくり制服の袖に腕を通し、鏡の中の自分を見つめた。
　ひどい顔……。
　いつもの電車に乗り、いつもの時間に学校へ着いた。
　朝練のない耀くんは、あたしが教室に入る前にすでに席についていて。
　その隣には、今日も広瀬さん。
　…………。
　入るに入れない。
　入り口の手前でそんなふたりを眺めていた。
　昨日と同様、広瀬さんの綺麗な髪の毛は丁寧に巻かれていた。
「──でね……」
　広瀬さんの少し高い笑い声が、あたしの耳にも届いてくる。
　屋上で見せた、冷ややかな笑みじゃない。
　モデルのような顔から作りだされる笑顔は、あたしですらうっとりするくらい綺麗で。
「こら瞬っ！　なによだれ垂らしてんのっ！」
　教室の中央で、凛ちゃんが瞬くんの頭をはたいていた。

「それにしても、ふたり絵になってるよなあ」
　瞬くんは、指で作ったフレームからふたりを覗き込む。
　ほんと。
　瞬くんの言う通り。
　お嬢様な広瀬さんと、体育会系の耀くん。
　どこか不釣り合いに見えるのに、そこを一瞬で誰も寄せつけない空気にしてしまうところとか。
　悔しいけど……。
「あんたねぇっ、この間まで耀太とまひろのことお似合いだって言ってたでしょ？　……っあ、まひろ、おはよ」
　そのとき、あたしの存在に気づいた凛ちゃんが、なにごともなかったように笑顔で近寄ってきた。
「おはよ」
　うまく笑えているか分からないけど、気にしてないふうを装う。
　そして、朝練を終えた拓弥くんも入って来たけど、
「拓弥！　耀太と広瀬さんてなんなわけ!?」
　凛ちゃんが、そのままもう一度廊下へ押しだす。
「いやぁっ……その、知らねぇ……」
　嘘が下手だな。拓弥くんは。
　その顔を見てピンと来た。
　拓弥くんはなにかを知っているんだ。
　やっぱりあのふたりは、特別な間柄なんだね……。
「白状しなさいよっ！」
　……知りたくない。

「それは……」
　言いにくそうに泳がせた視線があたしとぶつかる。
　……が、すぐにそらされた。
　ズキンッ──。
　なに……？
　あたしに気まずいこと？
　２日経っても３日経ってもこの不可解な光景は変わらなかった。
　広瀬さんはぴったり耀くんの隣にくっついて、そこが指定席とでもいうように、張りついている。
　クラスのみんなは、
「まひろと耀太、ケンカでもしたの!?」
　あたしと耀くんが会話しないのを不思議がり、
「てかさ、あの子なんなの？」
　怪訝そうに広瀬さんを見る。
　ここまでじゃなかったとしても、それは今までのあたしのポジション。
　彼女じゃなかったけど、あたしが耀くんに一番近い女の子だと思っていた。
　けど。
　今は、あたしの入る隙なんて１ミリだってない。
　耀くんも、あたしなんか忘れちゃったかのように、視界にも入れてくれない。
　彼女でもないくせにお守りなんか渡して。
　あんなことしたからこんなことになって。

嫌いになっちゃった……？
『まひ』
あたしに向けてくれる笑顔は、もう見れないの……？

【耀太】
「耀くん、送ってくれてありがとう」
「じゃあ、また明日」
俺は今、大きな家の門の前に立っていた。
クラスメイトの広瀬さんの家……。
富裕層の住まいが軒を連ねる閑静な住宅街。
高級車ばかりがガレージに並び、こんなとこに来慣れてない俺は緊張していた。
広瀬さんに挨拶して、元来た道を戻ろうとしたとき、
「ねえ、耀くん……、上がって行ってくれない？」
広瀬さんが言った。
「…………」
久々の学校で。
毎日帰るころには疲れきっていた。
人に会うことが、どれだけ神経を使うのか思い知った。
だから一刻も早く帰りたい。
けど……。
「……耀くん？」
もう一度俺を呼んだ彼女の瞳の奥が、刃に変わった。
「じゃあ……、少しだけ……」

「良かったぁ。行こ？」
　俺の手を取った彼女の瞳は、澄んだ色に戻っていた。
　通されたのは、２階にある彼女の部屋。
　家の人は誰も居ないみたいだ。
「ここに座って？」
　ソファを指され、言われるがままに座る。
「やっぱり、迷惑じゃないかな。お家の人もいないみたいだし、留守中に勝手に上がり込むなんてことして……」
　座ったものの、落ち着かない。
　陸上一筋だった俺が、そもそも女の子の部屋へ入るのなんて初めてだし。
　どうしていいのかわからない。
「大丈夫よ」
　そう言うと、彼女は一端部屋を出ていった。
　ピアノ、ソファ、仕切られた寝室空間。
　県議会議員のひとり娘というに相応しく、広くて豪華な部屋。
　俺の部屋の倍以上はある。
　部屋の内装も、彼女のイメージ通りの淡い色を基調として清楚にまとめられていた。
　しばらくして、紅茶とチョコレートをトレーに載せた彼女が姿を現した。
「広瀬さん……、やっぱり俺……」
　帰ろう。
　そう思って立ちあがると、

「やだ。あたしは耀くんって呼んでるのよ？　距離があるみたいで淋しい。あたしのことも紗衣って呼んで」
　また、刃へと豹変する瞳。
「……紗衣」
　妙な空気が流れる。
　俺は、ゴクッと唾をのんだ。
「ね、座って？」
　彼女は俺の肩に手を掛ける。
　彼女の瞳をじっと見つめ、黙ってそのままもう一度ソファに座りなおした。
「遠慮しないで食べてね？」
「…………」
「あら。甘いもの苦手だった？」
「……まぁ……」
「ごめんなさい。今度から気をつけるから」
　目の前には、有名ブランドのチョコレート。
　……甘いものは、正直苦手だ。
　部屋にはたくさんの写真が飾られていた。
　バレエの発表会。
　ピアノのコンクール。
　冬のスキー場……。
　ひとつひとつ説明していく彼女に相槌を打つが、話にはまったく集中できない。
　体中から出てくるのは汗しかない。
　緊張と……罪悪感で。

「耀くん、キスして」
　気がつくと、広瀬さんの顔が間近にあった。
　その距離で瞳を閉じている。
「えっ……？」
「ねぇ、早く」
「広瀬……さん？」
「だから紗衣だって」
　そう言って目を開け少し口を尖らせると、
「ごめん。ちょっと意地悪だったかな」
　顔を遠ざけて、紅茶の入ったカップに口をつけた。
　さっきから俺は。
　この瞳に、翻弄されている。
　俺は、どうしたら……。
「急ぐことないよね」
「…………」
「私たち、まだ出会ったばかりだもの」
「…………」
　カップに視線を落としたまま広瀬さんが呟いた。
　口元は柔らかく弧を描いている。
　──ドクン。
「でもね」
　広瀬さんは自分の手を、右の胸元へ運んで行く。
　ドクッドクッ……。
　早くなる鼓動。
「……痛いの……。ここが」

「…………」
「耀くん、触れて」
　そう言って彼女はゆっくり制服のボタンを外し、胸元を広げた。

"彼女"のために

　9月も半分が過ぎて、体育祭の練習が始まった。
　あたしたちの種目は、借り物競争と騎馬戦とダンス、その他に男女混合のクラス対抗リレー。
　体育、LHRのたびに連日練習が行われる。
「暑いよー」
「マジ溶けそう」
　残暑も厳しくて、みんなが口々に繰り返すのはそんな言葉。
「女子全員揃ってる？」
　今日はダンスの練習。
　みんなの息をぴったり合わせないといけないはずなんだけど……。
　クラス委員の子の呼びかけに、
「お嬢様、また来てないよ」
　誰かがそう答えた。
　すると、あたりは一斉にブーイングの嵐。
「またあの子？」
「誰か呼んで来れば？」
「いいよ、放っておけば」
　……広瀬さんのこと。
　広瀬さんは、今まで一度も体育の授業に出たことがないんだ。

体育苦手なのかな。
　だとしても、さすがに体育祭の練習には出てもらわなきゃね……。
「お嬢様は汗臭くなれませんて？」
「クラスの輪を乱しすぎだっつーの！」
「調子良すぎんだよ、あの女」
　そして始まる広瀬さんの悪口大会。
　クラスの誰とも打ち解けないのに、耀くんにばかりベタベタしていることを女子の誰もが、いいふうには思っていない。
　ふたりは夏に病院で出会ったと、誰かがウワサしているのを聞いた。
　広瀬さんの家族が入院していて、病院へ通っている間に親交を深めたんだとか。
　それはきっと、あたしがお見舞いに行かなくなってからなんだろうな。
　拓弥くんがあたしに気まずそうにしたのも、それならわかる。
　どん底にいた耀くんに、手を差し伸べて励ましていたのはきっと広瀬さん。
　笑顔を取り戻せたのもきっと広瀬さんの力。
　耀くんが、彼女を必要としているなら。
　あたしは黙って見守るしかないよね……。
「まひろもそう思うでしょ？」
「えっ……、あ……」

クラスの子が振ってくる。
　でもあたしは。
　言いたくもないし、聞きたくもなかった。
　できるだけ、そういう会話には混じらないようにしている。
　自分の中で、広瀬さんのことを気にしたくない思いがあったから。
　聞こえない振りをして、今のうちに装飾である腕のリボンを付けようと、ジャージのポケットに手を突っ込んだけど、
「あれ？」
　あるはずのリボンが入っていないのに気づいた。
　着替えるときに、更衣室のテーブルに置いてきたんだっけ……。
「どした？　まひろ」
「リボン忘れちゃったみたい」
「どこに？」
「多分更衣室だと思う」
「じゃあ早く取って来な！」
「うん。行ってくるね！」
　みんなはまだ、広瀬さんの噂話をしている。
　この様子じゃ、まだまだ始まらないだろうし。
　ダッシュで更衣室まで取りに行くことにした。

　あたしは更衣室へと急ぐ。

急がないと練習が始まっちゃう。
早く取ってこなきゃ。
勢いよく更衣室のドアを開けると、中にひとつの影が見えた。
「え……」
誰もいるはずがないのに、人がいて驚く。
そして、その人物が広瀬さんだったことにはもっと。
その直後、目線が下にずれて
「あっ……」
目に映ったものに息をのんだと同時、
「やだ、見ないでっ――」
広瀬さんが、突然その場にしゃがみ込んだ。
胸元を隠すように体を丸め、背を向けて。
……今の、なに……？
広瀬さんの体には、想像もできないような傷みたいなものがあった。
ここから見た限り、３センチほどの太い幅の線が、肩からブラの下あたりまで。
黒く、ミミズ腫れの、目を覆いたくなるような……。
「ごっ、ごめんなさい……」
見ちゃいけないものを見てしまったんじゃないかと、咄嗟に顔をそむけた。
「そんなにひどい？」
「え……？」
「見るに耐えられないほど、ひどいかしら」

うずくまったまま、床に向かって言葉を落とす。
　怖いくらい冷静な声と、さっき見た光景がリンクされて言葉を失った。
「正直に言ってよ。ひどい？」
　はっきり言って、この質問はきつかった。
　だって、本当にひどかったから。
　恐ろしいくらいに。
　けど、正直に言えばきっと広瀬さんは傷つく。
「えと……」
　顔は歪んでいくけど、どうしても掛ける言葉が見つからなかった。
「同情してくれてるの……？」
「…………」
　これは同情なのかもしれない。
　可哀相だと思うことは、同情と一緒……。
　でもそれだって〝イエス〟というには浅はかすぎる。
　すると、広瀬さんは言った。
「彼もそうなの……」
「…………」
「彼も同情してくれてるの」
「……？」
　彼って……？
「同情っていうか、責任ね」
「…………」
「分からない？」

「えっと……」
「耀くんよ」
　思いもよらない名前に、頭の中が混乱する。
　耀くんが、広瀬さんに……どうして？
「今は、そういう感情でもいいと思ってる」
　混乱しているあたしに、整理するまもなく追いつけないほどのスピードで会話を進めていく。
「あの……なんの話？」
「随分仲がいいから知ってるのかと思ったけど、そうじゃないのね」
　キッと睨むようにあたしを見る。
「よっ……耀くんが、……どうして？」
　それに負けじと返す。
　耀くんと広瀬さんの仲を知るチャンスだから。
　この際、突っ込んで聞きたい。
「どうしてですって？」
　制服のリボンまで結び終えた広瀬さんは、立ちあがってまっすぐにあたしをとらえた。
　知らないの？と言うように開かれた目は、すぐに研ぎ澄まされた。
「夏の間、何度かあなたを見かけたわ。私ね、耀くんのすぐ近くの病室だったから」
「病室……」
　何度も見かけたって……。
　すぐ近くの病室って……。

……同情。
　……責任。
「あたしの体、こんなふうにしたのは彼なのよ？」
「…………」
「きっと、この同情は愛情に変わると信じてるから」
　………さっぱり分かんない。
　同情だの、愛情だのって……。
『耀太は加害者なんだよ』
『後遺症が……』
　おじさんの言葉を思いだす。
　それで、耀くんから目の輝きがなくなって。
　ハイジャンも続けられなくなって。
　あの事故の被害者って……。
「羽鳥さんは彼女なのかと思ってたけど、違ったのね」
　クスッ。
　屋上で見たのと同じ、嘲笑うような顔で広瀬さんが言った。
　嘘でしょ。
　広瀬さん……だったの……？
　目の前のテーブルに手を着く。
「最初は恨んだけど、今は違う」
「…………」
「彼が優しいから、こんな傷くらい乗り越えられる」
　だから、いつも一緒にいるの？
　見えなかった糸が、初めて繋がった。

「耀くんは、あたしのものだから」
　辛そうな瞳で見つめられたら。
「取らないでね」
　あたしには、返す言葉は見つからなかった。

【耀太】
「痛々しいなー、それ」
　瞬が指さして、あからさまに顔を歪めた。
　これはハーフパンツの下からあらわになった俺の脚を見た瞬の感想。
　俺の膝下には、事故の傷痕(きずあと)がくっきり残っている。
「あんま見んな」
　平気な振りしてかわすと、空気の読めない発言再び。
「入院してあんなにかわいい彼女ができんなら、俺も１回事故ってみてーなぁ」
「瞬っ!!」
「いでっ……。あ、ジョーダン」
　拓弥に蹴りを入れられた瞬は、バツが悪そうに頭を掻いた。
　俺も呟く。
「……事故なんて、遭うもんじゃねーよ」
　怒りを抑えて口にしたのが、余計に怒りに満ちていたらしい。
「ほんとっ、ワリィ」

瞬にしては珍しく、しゅんとして頭を下げた。
　校庭でダンスの練習をしている女子に目を向けた。
　無意識に追うのは、まひの姿。
　決して目立つタイプじゃないけど、俺の目には一番に飛び込むまひ。
　なのに。
　いない……？
　どこへ行ったんだ……？
　具合でも悪くて保健室とか？
　華奢な体してるし、この暑さで貧血にでもなったか？
　あれこれ考えていると、肩を抱かれた。
「なーに、紗衣ちゃん探してんのー」
「…………」
　学習能力ゼロ。
　にへーっと笑う瞬がウザい。
「ちげーし」
　纏わりついたその腕を押しやった。
　……体育の授業に彼女は出ない。
「お前Aグループだろ。棒倒し始まるぞ、行けって」
　拓弥がまた瞬に蹴りを入れると、
「やっべ！」
　瞬は慌てて自分のグループに合流しに行った。
「耀太、ちょっと顔かせ」
　拓弥が人差し指を小さく動かす。
「ん？」

「いーから」
　誘われたのは校舎の裏側。
　以前、優飛がまひに遊んでもらった場所……。
　授業中の今、こんなとこに来るやつは誰も居ないわけで。
「なに、俺らサボっちゃうわけ？」
　拓弥の突飛な行動に笑うしかなかった俺だったが、
「そんなにひどいのか？　彼女の傷……」
「……っ……」
　そんな笑顔もすぐに消えた。
　拓弥だけが知っている事実。
　俺と、広瀬さんの本当の関係を──。
「羽鳥を無視してまで、彼女の側にいてやんなきゃならないほどひどいのか？」
「…………」
　黙って俺は頷いた。
「見たのか？」
「……ああ」

　俺は夏の暑い日、親父から衝撃的な事実を聞いた。
　それは、俺の想像しているものとは全然違った。
　ハイジャンができなくなるとか、そんな甘いもんじゃなくて……。
　ショックで……。
　誰とも口が利けず、自暴自棄になった。
　だから、まひにも……。

あんな態度を取ったこと、後悔している。
　俺が自転車で跳ねてしまった相手は、広瀬紗衣さんという高校生だった。
　友人の家を訪ねようとたまたま歩いていた彼女を、俺は巻き添えにしてしまった。
　腕の神経をやられ、普段の生活に支障はないものの、その腕は二度と真っ直ぐに伸びることはない。
　手足にもまだ傷が残っているため、この暑さの中、長袖のブラウスに黒いストッキングを履いて隠している。
　男の俺なら大して気にしなくても、女の子なら気になるだろう。
　体操着になれない彼女は、体育はいつも見学。
　そして。
　女性にとっては一番大切な胸元に、俺は大きな傷をつけてしまった。
　俺の脚なんかよりも、もっと大きくて、深い……。
　彼女の家に上がったあの日に、彼女は俺の前で上半身をあらわにした。
　初めて見せられた傷。
　俺は目をそむけることなく、その現実を目にした。
　将来はモデルにだってなれそうな容姿を兼ね備えた彼女を、傷物にしたのは俺。
「ここから……、こういうふうに……」
　自分の胸元を指で辿った。
　焼きついて離れない、肩から走る彼女の傷を思い浮かべ

ながら。
「もういいよっ……」
　拓弥は、そんな俺の腕を掴んで止めた。
　ボロボロ涙なんか流してやがる。
　俺だって、泣きたい。
　けど。
　自分で犯した罪は罪。
　誰のせいでもないんだ。
　泣く資格なんて、ねえ……。
　自分が歩んだ道を恨んだりもした。
　ハイジャンさえしていなければ。
　陸上を再開していなければ。
　緑ヶ浜に入っていなければ。
　どうしようもない後悔ばかり。
　そして。
　全ての後悔を辿る中で。
　……お守りを取りに行かなければ……。
　……お守りを忘れてなんかいなければ……。
　……お守りさえ貰っていなければ……。
　一瞬でも、そんな卑劣な感情を抱いてしまった俺が。
　一瞬でも、自分の苛立ちをまひにぶつけてしまった俺が。
　もうまひに笑顔を向けることなんて……。
　目をつぶったまま歯を食いしばる。
「俺はっ……、俺の運命を……受け入れるしかねーんだよ……っ……」

こうやって、自由に動く時間を与えられていることさえ、贅沢なんじゃないかと今は思う。
　遠くからは、棒倒しを始めたクラスメイト達の賑やかな声が聞こえてきた。
「……行こうぜ」
　俺が呟くと、拓弥は立ちあがり、
「顔洗ってくる……」
　俺に背を向けた。

　次の日曜日。
　広瀬さんの家に、親父と揃って招かれた。
　入院中も何度も顔を合わせ、今では毎日家まで送り届けているから、彼女の母親に会うのは今ではそれほど緊張しなくなっていた。
　初めは鬼でも見るようだったその目も、彼女に笑顔が戻っていくにつれ、和らいでいったように思える。
　送り届けたときには「お茶でも飲んで行って」と中へ促されることもある。
「こう言ったらなんだが、耀太君のおかげで、娘も以前のような明るさが戻ってきてね、私達も安心しているんだ」
　彼女の父親は、高級そうな皮のソファに深く背をつけた。
　父親の方は……まだ少し苦手だ。
　いつも秘書が張りついていて、なにか言おうものなら、まず秘書が割って入る。
　強面で貫禄があって、逆らえない雰囲気が漂っている。

今日みたいな日にも、例外なく秘書がいる。
　それがこの家では当たり前でも、俺達からすれば、第三者がいることは余計に居心地が悪かった。
「ありがとうございます。そんなふうにおっしゃっていただけるなんて……」
「八神先生のご尽力のおかげで、経過も大分良いそうじゃないですか」
「いえ……私はなにも……」
　親父も広瀬さんの治療に携わっている。
　加害者の親という立場でもあり、すげーやりづらいと思う。
　相手からの要求は、なんでも聞き入れよう。
　これが俺達家族の出した結論。
　100％の非がこっちにある以上、それは当然のこと。
　俺の人生を掛けてでも償わなきゃならない。
　そう思って初めて広瀬さんの前に連れて行かれた日、彼女は俺に言った。
『あなたの彼女になりたいの』
　誰もが驚く言葉だった。
『紗衣っ、なにを言っているの!?』
『自分がなにを言っているのか分かってるのか!?　コイツはっ……』
　広瀬さんの両親はもちろん反対し、
『とんでもないですっ……』
　俺や親父も慌てた。

それでも広瀬さんは、自分の意思を伝えて来た。
『あなたに、一目惚れしたの』
『あなたが支えてくれたら、私、前向きに頑張れると思う』
『あなたの学校へ編入したい。こんな体じゃ、もうあの学校にはいられないから』
　どういう形で責任を取ればいいのかなんてわからなかったが、女の子の体を傷つけた俺が、一生懸けて償うというのは、こういうことなのだと思った。
　拒否権なんてあるわけない。
　彼女が望むことを叶える。
　それが誠意だ。
　裁判沙汰や賠償金などが予想された中で。
　この"刑"は一番軽いんだ———。
「耀太君、紗衣は我儘ばかり言っていないか？」
「……いえ」
「甘やかして育てたせいで世間知らずなところもある。すまないな。でも根は優しくていい子だ。よろしく頼む」
「……とんでもないです。自分にはもったいないくらいです」
　許されるわけのない罪で、被害者の家族に心配までされ、すまないとまで言われている。
　……頭なんか、上げられるわけがない。
「そこでもうひとつ、お願いがあるんだが……」
「……っ」
　こめかみに汗が流れた。

次は、なんだ……？

父親は表情を変えずに言った。

「君は、陸上で有名な選手だったそうじゃないか」

「…………」

「いろいろと調べさせてもらったんだ」

調べた……？

あまり人聞きの良くない言葉に、手に力が入る。

「君」

「はい」

指示され、秘書が抱えていた物を机の上に置いた。

それは、陸上記事のスクラップ。

華々しい、俺の軌跡……。

今さら見たくもないそれに、自分の顔が歪んでいくのが分かった。

隣にいる親父にも同じ空気を感じた。

「お願いというのはだな。君にまた陸上をやってもらいたいと思ってね」

俺は驚きを隠せず、そう言った父親の顔を凝視した。

俺に、また陸上をやれ……と？

それは予想すらしていなかった言葉で、瞬間、息が止まった。

「あの、それは……」

たまらず親父が腰を浮かして言葉を挟む。

「事故の日も、大事な大会の日だったそうじゃないか。君の実力ならインターハイに行けるとも聞いて、それはびっ

くりしてね」
　身を乗りだしてきた父親に向けて、
「……もう、陸上はやめましたから」
　なんとか告げた。
　スクラップブックも閉じた。
　無理だ。
　そんな気力、もう残っていない。
　いくら、相手側の要求だとしても、俺が陸上をやるかやらないかはまったく関係ない。
　第一、俺だけしたいことをするなんて、絶対に許されないだろう……？
「それに、部へ戻ったら紗衣さんを送れなくなってしまいます」
"彼女を守るため、下校時は共にする"
　交わされた約束。
「迎えは、うちの方で手配するから大丈夫だ」
「でも……」
「これは、紗衣の意向なんだぞ？」
　口調が変わった。
「……っ」
　膝元に置いた手を、グッと握った。
　それを言われたら──。
「紗衣は、自分のせいであなたの夢を奪いたくないと言っているの。自分はあんな体になってしまったのに……」
　母親はそう言うと、涙を流した。

……誰かのためにはもう跳べない。
　　　……跳びたくない。
　　　それでも。
　　　俺はノーとは言えない。
　　　言っちゃいけないんだ。
「な、耀太君。紗衣のために、跳んでくれないだろうか」
　　　まひだけのために跳びたい。
　　　そう思っていたのに。
　　　まひのためじゃないなら、跳びたくない。
　　　けど、俺の人生は、もう俺のものじゃない。
「……跳んでくれるね？」
　　　頷くのが、精一杯だった……。

　　　帰り道。
　　　親父とふたり。
　　　重苦しい空気の車内。
「耀太……」
　　　肩にのせた親父の手が、とても重たく感じた。
「情けない父親でごめんな」
「……っ……」
　　　俺はどれだけ周りの人を苦しめ、傷つけているんだろう。
　　　罪のない人にまで、罪の意識を感じさせている。
　　　……お願いだから、まひ。
　　　まひだけは、自分を責めないでいてくれよな……。

偽りの唇

「ねえ、あたし達って腕上げたと思わない？」
　いつものように練習に励む放課後。
　素振りをしながら、凛ちゃんが言う。
「うん、言えてる」
「やればできる子だったのよね、あたし達」
　今まで部活半分、よそ見半分だったけど、今は部活だけに集中しているから。
　授業が終われば逃げるように部活へ向かう。
　耀くんのいない陸上部を、もう見ることはない。
　部活の帰りに偶然耀くんに会うこともない。
　今は、学校にいる時間の中でこの時間だけが気持ちが安らぐとき。
「来年のインターハイも夢じゃないかも」
　凛ちゃんが、カッコよくラケットを振りあげる。
「それは言いすぎかな」
　大きすぎる夢に笑って打ち返した。
「もー、まひろったら現実見すぎー」
　ぷーっと膨れた凛ちゃんからは、特大のスマッシュが切り返され、
「おっと」
「ごめーん！」
　勢いづいたボールは、大きくバウンドしてあたしの頭上

を大きく超えていった。
　校庭に背を向けていたあたしは、追いかけたボールを手にしたあと、何気なくグラウンドに目を走らせて……。
　──ドクンッ。
　久々にあたしの胸がなにかを察知した。
　……どうして？
　いるはずのない耀くんが、ジャージ姿でグラウンドの隅に立っていたから。
　釘付けになるあたしの視線。
「あー、耀太ね……。またハイジャン始めたみたい」
　固まっている背中に、凛ちゃんの声。
　少し遠慮気味に。
　あたしと耀くん、そして広瀬さんとの不思議な仲に、凛ちゃんから最近耀くんについて触れられることはなかった。
　真実を知らない凛ちゃんは、病院で出会ったというあの噂を鵜呑みにしている。
　気をつかってくれているんだと思う。
「小耳に挟んだけど、広瀬さんからのお願いだとか。まだ万全じゃないんだから、無理しなくていいのに……」
　広瀬さんの……。
　スッと体の力が抜ける。
　……なら、仕方ないよね。
　広瀬さんのために跳ぶんだ。
　耀くんがゆっくり走りだす。

まっすぐにバーをとらえた目。
　大好きだった、あの真剣な眼差し。
　──瞬間。
　広瀬さんの影が重なった。
『紗衣のために跳ぶよ』
　耀くんは、そう言ったんだろうか。
　そう思ったらいたたまれなくて、グラウンドにくるりと背を向けた。
「……まひろ」
「凛ちゃんやろ、続き！」
「見ないの？」
「…………」
　耳を澄ませば聞こえてくる、助走の音。
　目に浮かぶ。
　耀くんが舞う姿が。
　けど。
　──見れない。
　体全体で、それを拒否していた。
「行けないよ？」
「え……？」
「さぼってると、インターハイ行けないよ‼」
　あたしはグラウンドに背を向けたまま、ラケットを振りかざした。

【耀太】
　部活を終えると、昇降口の前に紗衣が立っていた。
　待っているのは俺……？
　気づいているのに、気づかない振りをしながら靴を履きかえた俺に。
「耀くんっ」
　……だよな。
　軽く息を吐いてから話し掛けた。
「迎え、どうしたの？」
　帰りは車が来るはずなのに。
　感情を悟られないようにそう聞く。
　感情を殺して、自然に笑うことも板についた。
「一緒に帰りたくて待ってたの」
「……そう……」
　無邪気に笑う彼女から、思わず目をそらしてしまう。
　そのとき、
「まひろー、置いてくよ」
「あ、待ってー！」
　テニス部仲間に少し後れをとったまひが、小走りに駆けて行くところで。
　聞こえてきた声に、無意識のうちにその姿を辿っていた。
　首元のマフラーを握りしめながら、少し赤い顔をして。
　口元からは、小さく白い息が漏れている。
　──胸が、締めつけられた……。
「耀くん？　一緒に帰れるよね？」

「……?　あ、ああ……」
　腕を掴んだ紗衣が、不安げな瞳で俺を見上げていた。
「じゃあ、お邪魔虫は退散しますのー」
「耀太、また明日な」
「おう」
「バイバイ紗衣ちゃん」
「さよなら、瞬君」
　愛想よく手を振る瞬に引き換え。
「…………」
　無愛想な拓弥。
　誰とでもわけ隔てなく接する拓弥の、唯一の例外。
「私、拓弥くんに嫌われているみたい」
　そういう割には別にめげてない紗衣。
「そんなことないよ」
「なら良かった」
　嘘のフォローにクスッと笑うと、俺の腕に手を回した。

　11月。すっかり季節は秋に変わった。
　先が見えないほど続く銀杏並木。
　木々の葉は色づき、風に舞った葉っぱが足元を邪魔する。
　学校の話や部活の話。
　普通の恋人達がするような会話を、当たり前のように口にする。"契約"に基づいた関係だとは、ハタからは到底見えないだろうな。
　負い目を感じているという俺の気持ちを除けば。

不意に紗衣が立ち止まった。
「耀くん、キスして」
「ここで？」
「ええ、ここで」
「…………」
　紗衣と向かい合い、俺は彼女の肩に手を掛ける。
　ゆっくり体を近づけていく。
　だんだんとシルエットが重なり……。
　淡くピンクに色づいたその唇に、そっと触れた。
「ファーストキス」
「え？」
　紗衣の人差し指が、俺が口づけた唇をそっとなぞる。
「耀くんは？」
　不意に振られて、
「あ、俺も……」
　……嘘ついた。
「嬉しい……っ」
　今度は嬉しさを体一杯で表現する。
　ギュッと俺の腰に腕を絡めてきた。
　一歩後退したものの、それを受け止めるように思わず手が出た。
　思いだす、まひとのキス。
　あんなの、まひにとっちゃキスのうちに入らないかもしれないし。
　まひの初めてのキスだったのかどうかも、知らない。

忘れよう……。
「喉渇いた、なんか飲もう」
　タイミングよく見つけた自販機。
　早く話題を変えたくて、俺は小銭をポケットの中で漁りながらそこへ近づいた。
　最近では、ホットのコーナーが半分くらい占めている。
　適当に小銭を手のひらに載せて。
「なにがいい？」
　振り返って紗衣に聞いた。
「うーん……」
　自販機を見つめしばらく考えて
「これにする」
　指したのはホットコーヒー。
　点灯した赤いランプを押す。
　落ちた缶コーヒーを渡すと、
「あったかーい、ほら」
　紗衣は自分の頬にあてたあと、それを俺の顔にも当ててきた。
「うん。あったかいな」
「耀くんは、なに飲むの？」
「俺は……」
　寒いし……同じコーヒーにするかな。
　ボタンを押そうとした指の付近。
「え？　そういうの好きなの？」
　──ガシャン。

俺の手は、ホットコーヒーとはかけ離れたものを押していた。
　俺がチョイスしたのは、メロンソーダだった。
　……まひが好きだという。
「ん、まあね……」
　なんでこんなの押しちまったんだろう……。
　こんなの、ガキの飲みモンだと思っていたのに。
　これがまひにでも見えたか？
　緑色の缶を眺め、小さく笑う。
　プシュッと開けて一気に流し込むと、痛いくらいの炭酸が喉を刺激した。
　ハイジャンを始めてから体を気づかい糖分の多い炭酸は一度も口にしていなかった。
　強烈な刺激に顔を歪めた。
「意外。なんか可愛いね」
　紗衣はクスッと笑った。
　考えるのは、いつだって、まひのことだけ──。

第 5 章

振りだしの春

　秋が終わって冬が過ぎ……。
　耀くんに出会って、三度目の春がやって来た。
　名前も知らずに影ばかり追い求めていた一度目の春。
　仲良くなった二度目の春。
　三度目の春は……。
　ただのクラスメイトよりも、ずっとずっと遠い人になっちゃった……。
　２年生から３年生へはクラス替えがないため、耀くんとは同じクラスのまま。
　お互いに避け通した結果、その溝は埋まることはなくて、結局耀くんとは言葉を交わすこともない。
　謝ることすらできていない。
　謝らせてすら、もらえてない。

「さあ、今日も張りきって行こー！」
　まだ、インターハイを本気で狙っている凛ちゃん。
　教室の中にもラケットを持ち込んで、休み時間も素振りに励む。
　ブオンッ……と空を切るラケット。
「危ないよっ!?」
「ヘーキヘーキ！」
　あたしは、窓ガラスが割れるんじゃないかとヒヤヒヤだ

けど、当の凛ちゃんはそんなのまったく気にしていないみたい。
「拓弥と同じ舞台に立ってやる！」
　勢いを込めてさらに素振りすると、
「同じ舞台ってインターハイ？　無理無理〜」
「まだ言ってんの？　いい加減諦めたら？」
　耀くんと拓弥くんが笑いながら間に入って来た。
「うるさい、うるさい、うるさぁ〜い‼」
　凛ちゃんは、そんな外野を蹴散らすようにラケットをブンブン振る。
　こんなふうになるのは以前と一緒。
　違うのは、
「…………」
　目が合わないように、耀くんから瞳をそらすこと……。
　……耀くんも。
　意識的にお互いを避けるのは板についた行動で、悲しいけどもうそれは自然な行為。
　凛ちゃんや拓弥くんをクッションに、同じ会話の空間に居ても。
　そこに交わされる言葉はない。
　短髪だった髪は、後ろに少し流せるくらい長くなった。
　無邪気に笑っていた彼はいない。
　雰囲気は格段に男の子っぽくなって、まだあどけなかった顔も男らしくなって、こうして少し距離が縮んだときにはドキッとしちゃう。

関わって来なかった間に耀くんが別人に変わってしまったような気がして、なんだか淋しい。
　……いろんなことが、耀くんを大人にしてしまったのかな。

「あー疲れた……」
　部活が終わると、凛ちゃんはコートに崩れ落ちた。
　本気でインターハイを目指しているのか気合は十分だけど、その分バテ方も激しい。
「ごめんねー。足引っ張ってるよね……」
　ダブルスでペアのあたしは、肩身が狭い。
　テニス３年目でも、腕前はずっと平行線だから。
「てかさ、やっぱ無理だっ!!」
　凛ちゃんはそう言うと、しゅんとなったあたしの横にゴロンと寝転がった。
「美月だって及ばないインターハイに、あたしが行けるわけないっつーの！」
「えぇっ!?　今さらそんな……」
　開き直った凛ちゃんに啞然(あぜん)……。
　去年の夏以降、ずっと真面目にやって来たけど……。
　現実はそんなに甘いものじゃなくて。
　緑ヶ浜レベルじゃ、エースの美月ちゃんだって県大会に出るのがやっと。
　ようやく気づいたんだね。
　あたしは肩の荷が下りた。

「美月〜」
　そのとき。
　テニス部が終わるのを待っていたのか、拓弥くんがネット越しに美月ちゃんに声を掛けた。
「今日なんか食ってかね？」
「またぁ？　太るからイヤ！」
「どこが？　むしろ太ってくれていいよ〜」
「バカッ！　変態っ！」
　美月ちゃんのおなかをつまもうとして、怒られている拓弥くん。
　でも、結局最後はふたりでケラケラ笑い合う。
　……いいなぁ。
　美月ちゃんといると、拓弥くんはずっと笑顔が絶えない。
　体中から"好き"が出てる。
　堂々と愛せて羨ましいな……。
　あたしは、好きでいることさえ許されないのに。
　高校に入ったら、彼氏と一緒に帰るのが夢だったんだよね。
　街をぶらぶらデートして歩いたり……。
　そのために電車通学を選んで。
　ははっ。２年前の可愛らしい空想を思うと、この現実がなんだか笑えてくる。
　膝を抱えて丸くなっていると、
「まひろ〜」
　凛ちゃんが、あたしの鼻をつまんだ。

「ここはひとつ女同士、甘いものでも食べに行きますか！」
「うん！」
　ニコッと笑って、あたしは元気に立ちあがった。

【耀太】
　……もう壊れそうだった。
　こんなに近くにいるのにっ……。
　まひが話しかけて来られない理由が分かるからこそ、俺もまひに近づくのをやめた。
　季節は互いの溝を深くするだけ。
　修復を求めることになんの意味があるかも分からずに、通り過ぎていく日々。
　今日も俺はただ、目の前の白いバーだけを見つめる。
「耀太先輩、……バー、一段下げますか？」
　後輩の声にも耳を貸さず、助走をつけた。
　──ガンッ！
　激しくバーに体当たりした体は、そのままバランスを崩しながらマットの上に落ちた。
「──っ……」
　マットの上に寝転がって見る青。
　少しも綺麗に思えない。
　あの夏から、俺の空は灰色のまま。
「スランプ？」
　突然、視界が真っ暗になった。

投げられたのはタオル。
　端を引っ張ってどけると、腰に手を当てた拓弥が見下ろしていた。
　……うるせー。
　無言のまま恨めしそうに見ると、
「ほら」
　手が差し伸べられた。
　それを掴んで、体を起こす。
「ダメなときは何度跳んだってダメだろ？　そういうときは跳ばないに限る」
　小学生でも分かるような拓弥の言葉に、ますますイライラが募る。
「んなの分かってるよ」
　ムシャクシャしながら拓弥に並ぶと、
「マジでインターハイ行く気かな、あのふたり」
　拓弥の視線はテニスコートへ……。
　並々ならぬ闘志を出している紺野の横で、まひも必死についていっている。
「……どーだか……」
　まひが、こっちをまったく見なくなったことは知っている。
　一度も視線が合わない。
　俺はいつだって見ているのに。
「最近、羽鳥もよく笑うようになったな」
　独り言のように出た拓弥の言葉に、俺も無意識に頷いた。

練習を終えたのか、体育座りをしているまひの横で、紺野がちょっかいを出している。
「やめて」とでも言っているんだろうか。
　手で阻止するまひからは、白い歯が覗いた。
　もう、あのことは。
　……忘れてくれたのか？
　辛そうな顔を見せる度、俺は胸が痛んだ。
　それでもどうしてやることもできずに。
　早く忘れろ。
　そればかり願っていた。
　だからまひが笑顔でいてくれることは、なによりも気持ちが軽くなる。
　なのに。俺はあの夏で時が止まったまま——。
「人生にはさ、ほとぼりってものがあるだろ」
　コートに視線を向けたままの俺の肩に、拓弥が手をのせた。
「あ？」
「もういいんじゃねーかよ。お互い気に病んで心配しあってるくらいなら、いっそ思ってること全部口に出せよ」
　それは、久しく口にしなかったまひのことだ。
「……今さら蒸し返してどうする。忘れてくれたならそれでいいだろ。時間が経てば自然に……」
「時間が解決するとか、言わなくても分かるとかっつーのは逃げだからな」
　見透かしたような流し眼が注がれた。

「……っ……」
「意地張ってるとロクなことないぞ」
「どうして俺がまひに意地張んなきゃいけねー？」
「羽鳥じゃない。おまえが意地張ってんのは、広瀬にだろ」
　痛いところをつかれた。
　けど、
「……意地じゃねーよ……」
　……意地なんかじゃ。
　まひを忘れるためにとか、意地でつき合っている方がどれだけ楽か。
　そうじゃない俺にとって、それを言われても辛いだけだ。
　弱く言葉を落とした俺に、
「……悪かった……」
　素直に謝る拓弥。そして
「マジで羽鳥とのこと、このまま終わらせていいのか……？」
　心配してくれてんのは、本当に分かる──。
「拓弥。終わるもなにも、俺達は始まってないんだ」
　けど。そこんとこ誤解しないでくれよ。
"好き"だと告げたわけでもない。
　それは、もう伝えられない言葉。
「だってキス……」
「拓弥、それ以上言うな」
　……苦しくなるから。
　見えるところで笑っていてくれれば、それでいいんだ。
　もうすぐ、１日が終わる──。

きみを忘れる魔法

　……今年も、暑い夏がやって来る——。
「あ〜つ〜い〜。もうダメ〜」
　相変わらず男らしい凛ちゃんは、制服の襟元をパタパタ広げる。
　6月に入ると気温もぐんぐん上がって、今年も猛暑を予感させた。
「まひろ、アイスでも食べて行かなーい？」
　部活終わりに、凛ちゃんからの提案。
　暑いし、あたしもそうしたい所だけど……。
「今日行くとこあるから、ごめんっ！」
　凛ちゃんと別れたあたしは、今自転車を漕いでいる。
　今日は、家から学校まで初めて自転車で来てみたんだ。
　ある場所へ行くために。
　地図で道順はバッチリ調べてきた。
　記憶だってまだ残っているし。
　——耀くんと見た、あの夕陽を見に行きたいと思ったの。
　景色の記憶も手伝って、30分ほどでその場所に着く。
「わぁ……綺麗……」
　初めて見たときと変わらない感動が、そこにはあった。
　この夕陽だけは、1年前と変わらない温かさであたしを包んでくれた。
　嫌なことも、燻（くすぶ）っている思いも、サーッと心の中から消

えて行く。
　これは一時的なものかもしれないけど、心が洗われた気がした。
　耀くんもこんなふうに夕陽を見に来ていたのかな……。
　耀くんと広瀬さんの笑顔を見て、あたしも笑わなきゃって思うようになった。
　人は忘れる生き物だから。
　そんなことを思いながら夕陽を見つめていると──。
　後ろの方から足音が聞こえて来た。
　首を振った先には。
　あの日と同じように、顔を真っ赤に染めたシルエット。
　それは耀くんをかたどっていた。
「耀……くん……？」
　夢かと思った。
「ごっ、ごめんっ！」
　あたしは咄嗟に謝っていた。
「え？」
「ここ、耀くんの場所なのにっ……」
　久しぶりに会話するという戸惑いよりも、こんな所で会ったことが気まずくてたまらなかった。
　戸惑っているあたしに、そのシルエットがだんだん近づいてくる。
「ここはもう……。俺だけの場所じゃねーよ」
　耀くんに会う可能性なんてまったく考えてなくて、ほんとに夢でも見ているかのように、ぼんやりと耀くんの動き

を目で追う。

 地に足がつかなくて、体はここにあるのに、気持ちはどこかへ飛んで行っているみたい。

 緊張とか、それ以前の問題。

 目の前で起きている現実が分からないほどだった。
「俺達の、場所だ……」

 あたしの1メートル手前。

 耀くんがゆっくり足を止めた。

 俺達……。

 そう言った耀くんの言葉に、胸が締めつけられた。

 あたしは突き放されていない。

 耀くんの中に、まだあたしの存在が残っている。

 この場所だけは、広瀬さんにも譲れない、あたしと耀くんの……。

 ――特別な場所。

 そう、聞こえて……。

 はっきり耀くんの顔が見えた。

 こんなふうに視線を合わせるのは久しぶりなのに、吸い寄せられるように向けた視線は、躊躇うことなく耀くんの瞳だけを見つめていた。

 どれだけ、正面から耀くんの顔が見たかったか……。
「……耀……くん……」

 どれだけ、耀くんの名前を呼びたかったか……。

 燃える山並みを背に、あたし達は向かいあったまま静かに時間を流す。

「……ごめん……なさい」
　その沈黙を破るように口にした。
　あたしの、罪を。
「……謝るな」
「あたしがあんなもの渡したからっ……」
「……っ」
「ずっと謝ろうと思ってたのに、言えなくて……」
「…………」
「あたしのせいで耀くん……」
「違うっ！」
「なにも知らないであたしっ……」
「やめろ、違うって言ってんだろっ！」
　怖いくらいのキツイ口調に口をつぐむと、
「まひ………」
　周りの風に溶け込むように、自然にあたしの名前を呼んだ。
　壊れ物を包むみたいに、優しく。
「……っ」
　何ヶ月ぶりに名前を呼ばれたんだろう……。
　ずっとずっと聞きたかった、"まひ"。
　あの頃と同じように優しく呼ばれたその名前に、心の中で抑えていたものがジワリと溶けだす。
　辺りは真っ赤に燃えているのに、他のものがなにも目に入らず耀くんしか映らない。
　ゆっくり動いた耀くんの手は、そのまま真っ直ぐあたし

の頬に触れた。
　——トクン。
　あたしの知っている耀くんの手。
　心の中に閉じ込めた想いが次々と溢れてくる。
　距離がもっと近づく。
　耀くんの顔が、だんだん黒い影を帯びる。
　……っ。
　あのときと一緒。
　キス、される。
　本能で感じた一瞬。
　本当だったら、この目も、この声も、この手も、そしてこの唇も……。
　……だけど。
「……ダメ……ッ……」
　近づいた距離を離すように、顔をそむけた。
　耀くんは広瀬さんと……。
　耀くんは、広瀬さんの耀くんでなくちゃいけない。
「……まひ」
　それでも耀くんはあたしの名前を呼ぶ。
　苦しいよ……苦しいよ、耀くん……。
　だからこれ以上呼ばないで。
　気持ちが揺らいで、その唇を受け入れてしまいそうになるから。
「まひ」
「……っ」

何度呼ばれても、気持ちを抑えて目をそむけつづける。
「まひ……」
「…………」
「まひ……俺、まひのことが……」
「耀くんダメッ……」
　弾かれたように顔を上げると、見たこともないような切なげに揺れる瞳が、あたしを見つめていた。
「……まひ……」
　たとえ、耀くんがあたしと同じ想いでいてくれたとしても。
　もう、ダメなんだよ……。
　あたし達のあいだに、"好き"という言葉は交わせない。
　言っちゃいけない。
　広瀬さんを裏切れない……。
　耀くんに、裏切らせちゃいけない……。
　涙はこらえた。
　あたしが泣いたら、あたしの気持ちを知られちゃうから。
　グッと力を入れたあたしとは対照的に。
　耀くんの目は弱く、ものすごくあたしを求めているように見えた。
　一番ほしかった言葉が聞けるかもしれなかった。
　けど、これも裏切りになるから。
　聞いちゃいけないんだ。
　言わせちゃ……いけないんだ……。
　だって、

「耀くんには……」
　……その先の言葉は、辛すぎて言えないけど。
　耀くんがハッとする。
　自分を取り戻したんだと思う。
　広瀬さんにとっての、自分を。
「……っ、……まひ……」
　耀くんの手は、あたしの頬から肩に下り、腕に落ち、崩れるように地面につく。
「……クッソーーーーーッ!!!」
　悲痛な声をあげながら、そこへ向かって何度も何度も拳を振り下ろした。
　ゆっくり陽が沈んでいく静かな山間に、耀くんの声が響く。
「……っ、うぅっ……」
　そんな耀くんを見ていられなくて、あたしは口に手を当て天を仰いだ。
　やっぱり、涙は止められなかった。
　あの夏から溜めていた涙が、一気に溢れだすように涙腺が決壊した。
　流れる涙は、口元を抑えた左手を濡らしていく。
「……ごめん……なさい」
　………耀くん。
　あたし達は、結ばれちゃいけないの。
　自分たちの思いだけを貫くことは、できないの。
「……うぅっ……うぅっ……」

一生懸命声を殺しているけど、耀くんの小刻みに揺れる背中からは、胸が痛くなるような嗚咽(おえつ)が漏れる。
　耀くんが……泣いてる……。
　あたしの涙が耀くんへの想いであるように、耀くんの涙も、あたしへの想いの分……。
　それが分かるから、なおさら苦しい。
　耀くんがあたしを求めて悔しがるほど、あたしは苦しくてたまらないの。
　……だから、あたしはまた自分を責めつづけるんだ。
　あの事故さえなければ。
　お守りさえ渡していなければ。
　あたし達の今は、きっと違うものになっていたから。
「耀くん、ごめん……」
　起き上がることができない背中に掛ける言葉は、これ以外に見つからなかった。
　謝ること以外……。
「行って……まひ」
　震える背中から聞こえる言葉。
　それは、耀くんを拒絶したあたしへの答え。
「……お願い……だから……」
　嗚咽をこらえたその声に、数歩あとずさりして、
「……っ」
　押し寄せる涙を止めることもできないまま、あたしはその場から駆けだした。

行き場のない想いは、彷徨うばかりでお互いを苦しめるだけ。
　この恋を、葬る場所があったら教えて下さい。
　耀くんを忘れる魔法があればいいのに──。

復讐の果てに

　最近目覚めがいい。
　まだ完全に忘れられたわけじゃないけど。
　自ら耀くんへの想いに幕を下ろしたあたしは、なにかが確実に変わっていた。
　早く起きれば、朝ごはんだって美味しく食べられることにも気づいた。
「今日で３日目。毎日ちゃんと朝ごはんを食べるなんて。どうかしたの？」
　お母さんは目を丸くしている。
　今までは、食べろ食べろとうるさかったくせに。
「いいから早くちょうだい」
「はいはい」
　ベーコンエッグとフレンチトースト、それから果物のヨーグルト添えまでしっかり食べて家を出た。

　家庭科室には、いい匂いが充満していた。
　今日は調理実習があって、献立は肉じゃがにきんぴらという家庭料理の王道。
　料理が苦手なあたしにはピンチな実習だけど、すごく楽しかった。
　……ほとんど切ってばっかりで、肝心な味つけは同じ班の凛ちゃんたちにまかせっきりだったけど……。

「あたし、いい奥さんになれるかなぁ」
　柄にもないことを、凛ちゃんが聞いてくる。
「うん？　なれるなれる！」
　馬子にも衣装と言ったら大袈裟だけど、エプロン姿の凛ちゃんもなかなか。
　物事は形から、とはよく言ったもの。
　すっかりその気の凛ちゃんは、裾を持ってひらりと回る。
　このエプロンも、去年の家庭科で作ったんだ。
　あたしと色違いで、どうせなら凝ろうといって、レースもつけて若奥様風にアレンジしたりして。
　普段ボーイッシュなだけに、凛ちゃんが着るとそのギャップがすごい。
「この姿を、男どもに見せられなくて残念だわ」
　お姫様ポーズを決めた凛ちゃんは、ちょっと残念そう。
　男子は、この窓から見えるグラウンドで体育の真っ最中。
「瞬くんとか鼻血出しちゃうかも」
「そお？」
　上げて上げて上げまくると、まんざらでもないという顔してる凛ちゃんに笑いながら、洗い物の続きをする。
「あたしこれ戻してくるね！」
「おねがーい」
　布巾で拭き終わったお鍋を持って、準備室へ向かった。
「羽鳥さん」
　お鍋を定位置に戻そうと背伸びしたとき。
　呼ばれた声に手が止まった。

羽鳥さん……？
　クラスのほとんどの子はあたしを"まひろ"と呼ぶ。
　それにこの声……。
　振り向いた先には予想通り、広瀬さん。
「なにか……」
　やっぱり広瀬さんの雰囲気は独特な上に、"あの秘密"を共有しているから構えてしまう。
　そんなあたしをよそに、広瀬さんはツカツカと歩み寄ってきた。
　え、なに？
　その勢いに動揺している暇もなく、
　――パン……ッ！
　頬に強い痛みが走った。
　ガシャン。
　持っていたお鍋を床に落としてしまった。
　広瀬さんがあたしの頬を叩いたのだ。
　そこはジンジン痛みだして、頬に手を当てた。
「なにかですって？　なにかじゃないでしょ!?」
「あ、あの……」
　突然叩かれた意味が分からない。
「泥棒みたいな真似しないでよっ！」
　おまけに、そんな暴言を叫ばれた。
「陰であんなことするなんてひどい。耀くんはあたしのものなのよっ!?」
「……っ」

「ちょっとなにやってんのよ！」
　大きな音を聞きつけてか、凛ちゃんが準備室に飛び込んで来た。
　頬に手を当てたあたしを見たあと、その目は鋭く広瀬さんへ向けられた。
「あんた、まひろになにしたの？」
　多分、頬は赤くなっている。
　叩かれたのも分かったはず……。
「なにって、紺野さんには関係ないことよ」
「関係なくない。まひろはあたしの親友だから」
　……胸が痛んだ。
　その親友に、言えない秘密を持って、こんなに苦しい思いをしてることを相談できずにいるんだから。
「とにかく、あんなこと二度とさせない！」
　そう吐き捨てると力任せに扉を閉め、広瀬さんは出て行った。
「凛ちゃんごめんね。なんでもないから——」
　転がったお鍋を拾いあげ、準備室にある水道へ向かう。
　シンクにお鍋を入れて蛇口をひねると、
「まひろ、なんでもなくないでしょ？　なにがあったの？」
　——キュッ。
　凛ちゃんが水を止めた。
「…………」
　話したくても話せない。
　凛ちゃんを信用しているけど、あたし個人の判断で凛

ちゃんに話すなんてできない……。
「あたしと耀くん……、仲が良かったから。誰かに聞いたのかな……。それで、ちょっと嫉妬しちゃったんじゃないかな」
　今になって、こんなことされる意味は分からないけど。
「いつもあんなふうに言われてたの？」
「ううん。初めて……」
「……ったく」
　凛ちゃんは、広瀬さんが出て行った方向を睨みつける。
「ひっぱたきたいのはこっちじゃない！　あとから割って入ってきて、耀太を取ったくせに！」
　凛ちゃんの目は、悔しさで滲んでいた。
　そして怒りを込めてガシガシお鍋を洗う。
　凛ちゃんがいつも笑顔であたしの側にいてくれるだけで、あたしはこんなに救われているんだよ。
　ありがとう。
　親友なのに、話せないのは辛い。
　耀くんの想いを受け入れられない辛さ。
　色んな辛さが交差する。
　想いに幕を下ろそうと決めても、あたしの胸の痛みが癒えることはなかった。

【耀太】
　教室の一番奥の端。

幸か不幸か、黒板を見る延長線上にはまひの後ろ姿。
　あれから何度か席替えはあったが、俺とまひが近くになることはなかった。
　相変わらずクジ運悪いな、俺。
　真面目なまひは無駄なお喋りをすることもなく、いつも熱心に授業を聞いている。
　今日も、前に垂れる髪をたまに耳に掛けながら板書していた。
　隣のヤツがまひに話しかける。
　少し斜め上に顔を上げながら、ニコリと答えるまひの横顔が見えた。
　……嫉妬する。
　嫉妬する権利もないくせに……っ。
　手のひらに、この間触れたまひの温もりが残っている。
　唇の感触は……。
　……もう忘れそうだ……。
　ふいに視線を感じて目線だけ動かすと、そのすぐ50センチ脇、俺を見つめる紗衣と目が合った。
　ニコリと微笑む紗衣。
「……っ」
　咄嗟に俺はノートに視線を戻して、シャーペンをクルクル回した。
　俺は黒板を見ていただけだ。
　まひなんか見てない。
　やましいことなんてひとつもない。

そう自分に言い聞かせる。
　それなのに、手のひらにはジワリと汗が噴きだした。
　紗衣の視線を感じて、シャーペンを回す手元を止められない。
　顔も上げられない。
　コロン……。
　手元が狂って、シャーペンが床に落ちてしまった。
　慌ててそれを拾おうと手を伸ばしたとき、
「先生っ！」
　誰かが声を上げた。
　指先にシャーペンを挟みながらその流れで顔を上げると、床に倒れている紗衣の姿が目に入る。
「広瀬、大丈夫か！」
　先生が慌てて駆け寄り、クラスメイトも騒然として紗衣を取り囲んだ。
　どうしたっ……！？
　俺もシャーペンを投げ捨て側へ寄った。
「しっかりしろ！」
　先生が呼びかけても反応がない。
「俺が……」
　声を掛けたのは偽善なのか？
　本気で、心配しているのか……？
「俺が保健室へ連れて行きます」
　これが、もしまひだったら……？
　……冷静でいられる俺は、やっぱりただの偽善者なのか

もしれない。

「脈も呼吸も落ち着いてるから大丈夫よ。疲れかしら」
　保健の先生はそう言うと、眠っている紗衣のベッド脇のカーテンを静かに閉めた。
「広瀬さん、家遠いんだっけ？」
「はい。でも毎日迎えの車が来てます」
「あらそう。なら安心ね」
　今は6時間目。
　これが終わったら、いつものように迎えが来るから大丈夫だろう。
　俺が校門まで送り届ければいいか。
　そう思い、教室へ戻ろうとすると、
「あっ、そうそう。私、用事があるからちょっとお願いね」
　保健の先生はそう言い残し、ここを出て行ってしまった。
「……さて、どうするかな……」
　保健の先生が不在になり、俺は教室へ戻れなくなってしまった。
　そっとカーテンを開き、そこから見える紗衣の寝顔を眺めた。
　綺麗な顔をしている。
　住む世界も違うし、本当だったら俺なんかと出会うはずもなかった人。
「申し訳ない……」
　何度呟いても足りない。

紗衣の顔を見るたびに、この言葉がまず浮かぶ。
"彼女"として隣にいても、同じだ。
　保健の先生が戻って来るまで向こうで待っていよう。
　そう思い、カーテンを閉めようとしたとき、
「行かないで……」
　細い声と指が、呼びとめた。
　カーテンに添えた俺の手に、しっかり紗衣の指が繋がれていた。
「……っ」
　一度強張らせた顔を元に戻し、その顔を覗きこんだ。
「……具合、大丈夫？」
「ごめんなさい。迷惑掛けて……朝から、すこし頭が痛かったの」
「そう……じゃあ、まだ無理しない方が……」
「大丈夫」
　体を起きあがらせた紗衣に並ぶように、俺もベッドへ腰かけた。
「この間ね、前の学校の友達から電話があったの」
　なんの繋がりもない話題を、突然楽しそうに振ってきた紗衣。
　こんなことは初めてだった。
　どういう心境の変化だろうと、首を傾げる。
「彼氏ができたみたいで」
「……へぇー」
「すごく、幸せそうだった」

ゴクリ。

俺は喉を鳴らした。

なんだよ、この振りは……。

「耀くんは、幸せ？」

「……あ、ああ……」

喉が渇いてうまく言葉にならない。

俺はいま、幸せなのか……？

「ねえ耀くん、キスして？」

「えっ……ここで……？」

戸惑う俺に、紗衣はさらりと答える。

「つき合っているんだもの。キスするのに場所なんて選ばないでしょ？」

「…………」

まひは、もうダメだと言った。

微かな望みも、あの日のまひが全て否定した。

……だったら俺には……。

「……紗衣」

名前を呼んで紗衣の肩を抱き寄せた。

まひとは違う、大人の香り。

もう慣れ親しんだ匂い。

長く伸びる漆黒の髪の毛に、優しく触れる。

紗衣と一緒にいれば、まひを忘れていく。

まひとのキスも忘れていく。

……それでいいんじゃないか？

そんなふうに思いながらも、紗衣にまひを重ねてしまう。

ここにいるのはまひじゃないのに。
　分かっているのに。
　そんなずるい考えと、弱い自分。
"まひ"
「紗衣……」
"まひ"
「紗衣……」
　呼びたい名前を呼べない代わりに、違う名前を呼び続けた。
「……耀くん……ッ」
　ふいに漏れた甘い声。
　まひじゃないその声に、ハッとした。
　……バカだ……俺。
　どうかしてる……。
「ゴメン……」
　体を離し、俯いたまま謝るしかできない俺。
　沈黙がふたりを包む。
「……耀くんは、今、幸せ……？」
　時間を置いて再び投げかけられた質問。
　咄嗟に答えられずにいると。
「私のこと、好き？」
「…………」
　いつになく直球で攻めてくる紗衣。
　……どうして、簡単な嘘もつけないんだろう。
　好きって言えばいいのに。

黙り込んでしまった俺に、紗衣は信じられないことを口にした。
「まだ、羽鳥さんのことが好きなの？」

　──放課後。
　俺は部活へ出る気にもならなくて、ずっと部室にいた。
　紗衣はあのあと、目に涙を溜めたまま保健室を飛びだしていった……。
「お疲れー」
　部活を終えた部員達を見送り、気がついたらこの部屋は真っ暗だった。
　学校を出たのは8時。
　校門を出たとき、携帯が鳴った。
「親父……？」
　こんな時間に親父からの電話なんて、どうしたんだろう。
　不思議に思いながらも耳に当てる。
「耀太！　今どこだっ……」
　切羽詰まった声に、心臓がドクンと跳ねた。
「学校出たとこだけど……」
「紗衣さんは一緒か？」
「…………？」
　紗衣？
「紗衣がどうかしたのか？」
「まだ帰ってないらしい。こんな時間まで帰らないなんて、

今まで一度もなかったそうだ」
「えっ……」
　昼間の出来事がちらつく。
「紗衣の家に行ってくる！」
　電話を切って、紗衣の家まで自転車を飛ばした。
　高校生の８時という時間は、決して遅くない。
　昼間のことがなかったら、こんな胸騒ぎなんてしなかっただろう。
　家の外では、母親がなす術もないように行ったり来たりを繰り返していた。
「耀太君っ……！」
　血相を変えた母親は俺を見つけるなり、駆け寄って問い詰めた。
「一緒じゃないの？　ねぇ、紗衣は？　紗衣は!?」
「あのっ……」
　取り乱す母親を落ち着かせようと、両腕に手を伸ばすと
「あなた、あの子になにかしたのっ!?」
　その手を振りはらわれた。
「えっ……」
「最近紗衣の様子がおかしかったから注意はしてたのよ。夜もあまり眠れていないみたいだったわ……」
　母親は伏し目がちに顔を歪ませた。
　地面じっと見つめていた母親は、顔をあげると、俺をキッと睨んだ。
「耀太君」

「はい……」
「あの子にこれ以上なにかあったら、絶対に許しませんから！」
　母親はきつく俺を咎めた。
"これ以上……"
　その言葉は胸にぐさりと突き刺さった。
　俺は、すでに許されないことをしている。
　普通の恋人同士と錯覚しがちだった今の日常に、それは改めて俺達の関係を知らしめる言葉だった。
　恋人同士と言っても、俺たちはいつまでも被害者と加害者なんだ……。
　自転車を飛ばし、行きそうな所を探す。
　ファストフード、ゲーセン、カラオケボックス、思いつくまま探しまくってから気づく。
　……紗衣はこんなとこに出入りなんてしない。
　じゃあ、紗衣はどこへ行ったんだ……。
　俺は、紗衣のことをなにも知らなかった。
　紗衣の友達……、そう言って思い浮かぶヤツもいない。
　咄嗟に電話を掛けたのは紺野。
『もしもーし、耀太ぁ？　どうしたのー？』
「広瀬の行きそうなとこ知らないか!?」
『は!?　いきなりなに!?』
　テンパりすぎて、自分でもなにを言っているのかよく分からない。
『落ち着いてちゃんと話しなさいよ。はい深呼吸して』

紺野に言われ、目を閉じて大きく息を吸った。
「実は……」
　紗衣がいなくなったことを告げると、
『そういえば……、この間、すごい怖い顔してまひに食ってかかってた』
　とんでもないことを、紺野が言うから驚いた。
「紗衣が？」
『うん。陰であんなことするなんてひどい。耀くんはあたしのものなのにって』
　……あんなこと？
『まひろの顔、ひっぱたいて……』
「……っ。それいつだ!?」
『先週の金曜日だったかな』
　金曜日といえば、橋でまひに会った翌日。
　まさか。
　最近眠れないと母親が言っていた。
　あれを、紗衣が……？
　まさかそんなこと……。
　──"キスして"
　──"羽鳥さんのことが好きなの？"
　今日の態度は、そういうことだったのか……？
『まひろも歯切れが悪くてハッキリ言わないし。ねぇ、まひろとなにかあったの？』
「ワリィ、説明はあとでっ！」
　ピッ。

携帯を切る。
そして俺は自転車を飛ばした。

20分後。
……居た。
夕陽の見えるあの橋に。
この場所は紗衣には教えていないのに。
俺は最近、ここへ通っていた。
あとをつけて来ていたんだろうか。
外灯も何もない橋の上は、真っ暗だった。
見慣れた夕陽はあるわけもなく、見えるのはぽっかり浮かぶ満月。
手摺(てすり)に体を預けて、紗衣はそれをぼんやり眺めていた。
橋の手前に自転車を止めて近寄る。
紗衣の少し後ろで足を止め、俺も月を見上げた。
そのときだった。
「……っ……」
一瞬の出来事だった。
微動だにしなかった紗衣の体が、突然宙に浮いたのだ。
「紗衣っ……」
俺は走りだし、その体に手を伸ばした。
「……っ!? 離してっ!!」
「なにやってんだよ!!!!!」
手摺から身を乗りだした紗衣の体を引きずり降ろし、一緒に橋の上に転がるように倒れ込む。

「いやぁぁああ！　死なせて!!!」
　暴れる紗衣を俺の下に組み敷いて、
「バカヤローッ!!!」
　胸の中へ、紗衣を強く抱き寄せた。
　紗衣の体は、今にも痙攣を起こすんじゃないかと思うくらいガタガタ震えている。
　俺は、それをしっかりと抱きとめた。
　俺の胸に収まった紗衣は、どこに触れても分かるくらい激しく脈を打っている。
　どれだけ震えて、どれだけの恐怖の中、あの行動に出たのかと考えたら、俺も体中の震えが止まらなかった。
　……そこまで追い詰めたのは、俺だから。
「怖かった……」
「…………」
「本当はすごく怖かったの……」
「……ああ」
　抱きしめながら、紗衣の腕や背中を摩った。
「耀くん……、もう１回聞かせて……」
　落ち着いてきた頃、紗衣が腕の中で呟いた。
「え……？」
「私のこと……好き……？」
「……好きだよ」
　そう言ったら微笑むと思っていた、俺の期待は裏切られた。
「嘘言わないで！　ここであの子にキスしたくせに！」

逆に紗衣は目を剝いた。
「キス……？」
　いつのことを言われているのか分からず、面喰らっている俺に、
「見たの、私。この間、ここで耀くんが羽鳥さんにキスしている所」
　紗衣は、思いっきり唇を嚙みしめた。
　その瞳には、新たな涙が溜まっていた。
　……やっぱり紗衣はあのとき……。
「……してないよ」
「…………」
「したかったけど、拒まれた……」
　腕の中の呼吸がピタリとやんだ。
　消えて無くなりそうな声で、紗衣は言う。
「……もっと……ひどいよ」
　この状況で、自分の感情を優先した最低な俺。
　償いと、愛情を注ぐことは同じだと思っていた。
　気持ちなんて、どうにかなるなんて思っていたのが間違いだった。
　道徳心で動かせる、なんて……甘かったんだ……。
　その結果がこれなら、俺は紗衣を傷つけるだけだ。
　これからも。
「話、ある……」
「……いや」
「ちゃんと聞いて……」

「……聞きたくないっ！」
　紗衣は顔を上げて、耳を塞いだ。
「俺は、羽鳥が……」
「知ってたわ！　最初から！」
　紗衣は、涙をたくさん溜めた目を俺にぶつけた。
　……知って……た？
「まだ耀くんのことを知る前、病院で耀くんと羽鳥さんを何度も見かけた。屋上で楽しそうにお喋りしたりして。そのときは、ただ単純に仲のよさそうなふたりが羨ましいだけだった」
「…………」
「でも、事故の相手が耀くんだと分かって……。私はこんなに体に傷ができて……、心も傷ついて毎日泣いているのに……。だから幸せそうにしていたあなた達が心の底から憎くなった。許せなかった。だから……壊したかった」
「…………」
「私ってひどいよね、最低だよね。でもね、分かってたけど、悔しさと悲しさで、常識的な判断なんてできなかった。どうしようもなかったの！」
「…………」
「……やった、ふたりの仲を壊した……、私と恋人同士になった……そう思った。なのに……、耀くんの心は今でも羽鳥さんに向いてる」
　しがみつくその手が、背中に爪を立てた。
「そうでしょ！！！！」

絶句した。
　まさか、そんなときから俺とまひのことを……。
「耀くんがひどい人なら良かった……。だけどっ……耀くんはいつだって優しくて……、本気で好きにならせておいて……」
「…………」
「ねぇ、どうして!?　どうして私じゃダメなのっ!?」
「紗衣……っ」
「こんなに体が傷ついた私なんて、誰にも好きになってもらえない。私には耀くんしかいないのにぃぃぃっ!!!!」
「分かった……。分かったから……」
　胸の中で泣きじゃくる紗衣を見て、初めて愛おしいと思った。
　必死に俺に復讐しようとした紗衣が。
　それで、いいんだ……。
　それこそ、本来俺が受けるはずの罰なのだから。

　不安や寝不足が続いていたんだろう。
　疲労のピークに達した紗衣は、俺の胸に顔をつけたままそれっきり顔を上げることができなかった。
　この場所にも、歩いて来たみたいだ。
「今日はもう、帰ろう」
　ちゃんと話すのは、紗衣が落ち着いてからの方がいい。
　紗衣の母親に電話を入れると、すぐにタクシーでやって来た。

泣き顔の紗衣を見た母親の俺を見る目は、とても厳しかった。
「事情はあとで聞かせていただきますから」
　ふたりを乗せたタクシーは、夜の森を静かにあとにした。

勇気と決断

「あたし、告白したの」
　ひと汗流し終わった、放課後のテニスコート。
　壁に寄りかかって足を投げだして座ったとき、隣で凛ちゃんの声がした。
　——なにを？
　無言で首を振ったあたしの目に映ったのは、いつになく真顔の凛ちゃん。
　問いかけようとした言葉も、喉元でストップした。
「笑わないでね……。拓弥……」
「…………？」
「フラれちゃった」
「……えっと……」
　凛ちゃんが、拓弥くんに。
　えっ……。
　告白って……！？
　凛ちゃん、拓弥くんを好きだったの……？
　拓弥くんは、美月ちゃんを溺愛している。
　それは誰の目にも一目瞭然。
　凛ちゃんだってそれを知ってて……。
　嘘……。……どうしよう。
「でも、スッキリしたからいーんだあー」
「…………」

気の利いた言葉が見つからない自分に、腹が立つ。
「あ、今なんて声掛けようか必死で言葉探してるでしょ」
「…………」
　それを見透かされているあたしは、もっと情けない。
「笑っちゃうよね」
　凛ちゃんは空に向かって笑った。
　……笑うわけないよ。
　辛いはずなのに、笑顔を見せている凛ちゃんに胸が痛む。
　でも、その笑顔はどこかぎこちない。
　……そういえば最近、凛ちゃんの笑顔がぎこちなかった気がする。どうしてそのことにもっと早く気づかなかったんだろう……。
「……拓弥くんのこと、いつから好きだったの……？」
　凛ちゃんの気持ちにまったく気づかなかったあたしは、親友失格だ。
「高１の夏……」
「……ごめんね、気づかなくて」
　いつも自分のことばかりだった。
　凛ちゃんも苦しい恋をしていたなんて、知らなかったよ。
　申し訳ない気持ちでいっぱいになる。
「ほんとは、拓弥と美月が別れてくれたらなー、なんて思ってたりして。あたしってばひどいでしょ」
「そんな……」
　そんなこと、凛ちゃんが思うわけ……。
　美月ちゃんを怒らせちゃったとか、ちょっと喧嘩したり

すると、いつも拓弥くんは凛ちゃんに相談していた。
　凛ちゃんはそのたびに、落ち込む拓弥くんを励まして、元気づけていた。
　いつだって親身になって話を聞いていた。
　そこにあわよくば……なんて考え、絶対になかったはず。
　凛ちゃんをよく知るあたしは断言できる。
「ほんと、ごめんね……」
　凛ちゃんは、どんな想いをしていたんだろう。
「なんでまひろが謝るのよ。あたしの方こそごめん。黙ってて」
「ううん」
「ほんとは、拓弥にも告白するつもりはなかったんだけどね……」
「……じゃあ……、どうして……？」
　どこからそんな勇気が……。
「もう受験に本腰入れないとヤバイじゃん。だからこの片想いにバイバイってことで言っちゃった」
「凛ちゃん……」
　強いな。いつだって凛ちゃんは。
　そして、すごく素敵な女の子に見えた。
「バカみたいに陸上に夢中で。そして……、笑っちゃうくらい美月に夢中で……。そういうとこ全部含めて、拓弥のこと好きだったんだと思う」
　ほら、やっぱり。
　凛ちゃんはふたりの別れなんて、これっぽっちも望んで

ない。
「ここであたしになびくようなことがあったら、絶対にあたしの方からフッてたね！」
「…………!?」
　凛ちゃんらしいと思った。
　不謹慎だけどクスリと笑う。
　そんなカッコイイ凛ちゃんが大好き。
「だから、まひろも！」
　突然凛ちゃんが、顔を上げた。
「あた……し……？」
　真剣な瞳が突き刺さり、戸惑う。
「彼女がいても、好きになるのは自由だよね？」
「……うん。もちろん……」
「だからまひろにも諦めないでほしい。気持ちだけは、絶対伝えて」
　こんな真剣な凛ちゃんの目、初めて見た。
「あたしは、もう……」
「まひろダメだよ」
　弱く落とした声に、凛ちゃんのキツイ一言が被さった。
「"忘れたフリ"は所詮"フリ"なの。まひろにも、始めた恋をあやふやに終わらせないでほしい。始めた恋に、自分で幕を引かないで」
　訴えかけるように言ったあと、優しく笑った。
「たとえそれが失敗に終わっても、残るのは後悔じゃないから……」

「…………」
「あたしは彼女にしてほしくて、拓弥に告白したんじゃない。本気で拓弥を好きだったって事実を、自分自身に残しておきたかったの。彼女がいたとしても、ここにひとつの想いが確かに存在した。片想いでも拓弥を好きだったっていう、自分の気持ちに胸を張りたかったんだ」
　自分自身に再確認するように呟いて、凛ちゃんは膝を抱えた。
「後悔は、なにも生まないから」
「…………」
「まひろも耀太を好きだったって気持ち、ちゃんと伝えよう？」
　そして、ね……って顔だけ振る。
　凛ちゃんは、耀くんと広瀬さんの間にあった悲しい出来事を知らない。
「凛ちゃん……っ……」
　凛ちゃんとあたしは違うよって言おうとして、やめた。
　……その目が、真っ赤だったから。
　本当なら、ひっそり告白して、ひっそり恋を終わらせていたかもしれない。
　辛い恋を話してくれたのも、きっとあたしのため。
　そんな凛ちゃんの想いを、ここで「できない」と一蹴することはできなかった。
　本当の気持ちは心の中へ閉じ込めて、
「うん……ありがとう」

"必要な嘘"で、微笑み返した。
「「お先に失礼しまーす」」
　片付けを終えた後輩たちが、コートを出て行く。
　残されたのは、あたしと凛ちゃんのふたりだけ。
　グラウンドには、もう耀くんの姿もなかった。
　ハイジャンのバーも片付けられている。
　静かになった隣。
　そっと窺うと、凛ちゃんが歯を食いしばっていた。
　必死に隠そうとしているけど、あたしには分かった。
　……泣かないように我慢しているんだ。
　あたしは凛ちゃんの頭を引き寄せて、自分の肩にのせた。
　無意識だった。
「泣いて、いいんだよ」
「やだ……泣かないよ。泣くわけないじゃん……あたしが」
　無理に笑おうとしているその声は、やっぱりいつもの凛ちゃんじゃなくて。
「涙も我慢しちゃダメ。そうしないと、ちゃんと終われないよ？」
　そんなこと言う資格がないのは分かってる。
　分かったふうだっていうのは、分かってる。
　けど。
「全部流したら、明日はきっとちゃんと笑えるから……」
　あたしは凛ちゃんに、なにもしてあげられなかった。
　だから、せめてこのくらい……。
「ほら…」

「…………」
「誰も見てないから」
「……ゴメン、今だけ……」
　深く顔を埋めた凛ちゃんの顔を隠すように、腕でそっと包む。
　いつもは気丈な凛ちゃんの頭を、優しく撫でた。
　初めて見た凛ちゃんの涙。
　でも、これは弱さじゃない。
　頑張った強さの証。
　頑張った人だけが流せる涙。
　恋って、辛いね。
　誰かが幸せだと、誰かがどこかで泣いている。
　みんなが幸せになれる恋があればいいのに……。

【耀太】
　俺は1週間、部活を休んでいた。
　授業が終わるとなにをするでもなく、真っ直ぐ帰ってベッドの上でゴロゴロする。
　跳べないときは跳ぶなと拓弥も言ったし、今はとてもそんな気分じゃなかった。
　大会は近いが、そんなこと、関係ない。
　そしてこの1週間、紗衣も学校を休んでいた。
　何度電話を掛けても繋がらない。
「耀太！　紗衣さんが見えたわよ！」

そんな中での母さんの声。
　俺は飛び起きた。
　携帯鳴ってたか……？
　慌てて、放置しっぱなしの携帯を探す。
　着信は、ない。
　転がるように階段を駆け降りると、玄関先には１週間ぶりに見る紗衣の姿。
　顔色も表情もいい。
　それだけで少し安心する。
「家の人、知ってるの？」
「母に送ってもらったから大丈夫」
　指さす方を見ると、路地の隅に１台の車がハザードを出したまま停まっていた。
　あんな騒ぎのあとだ。
　そりゃ、心配してるよな。
　向こうから見えているか分からないが、そこに軽く頭を下げた。
　中へ入るよう言ったが、外がいいと言う彼女を連れてきたのは近くの小さな公園。
　まだ街灯がつくには早く、子供達が数人ボールを蹴りあっている。
「ごめんなさい。いろいろ忙しくて連絡できなかったの」
　ベンチへ座ると、俺の着信を無視したことを謝ってきた。
　あの日とは違う凛々しい紗衣の姿に、俺の方が戸惑った。
「いや……俺の方こそ……なんか……ごめん」

会おうと思えばその方法はいくらでもあったはずだ。
家を訪ねることだってできたのに、結局できなかった自分が情けない。
曖昧(あいまい)な謝り方で俺の心情を悟ったのか、紗衣はクスリと笑った。
そして言う。
「私、祖母の家でしばらく暮らすことにしたの」
「……おばあさんの？……」
「あの橋にいたら祖母の家を思いだして。田舎だけど、自然が豊かなとても静かでいい所なの。色々あったし、のんびり向こうで暮らしたいな……って」
紗衣の顔は穏やかだった。
この1週間で、紗衣はそんな決断を……？
うじうじ考えるだけで過ぎて行った俺の1週間。
桁外れに違う過ごし方をして来た紗衣に、さっきから俺は戸惑ってばかり。
紗衣は、その穏やかな顔を向けたまま言った。
「だから解消しよう？　私と耀くんの関係」
"別れよう"じゃない。
……解消。
紗衣の言葉に、俺の心が鈍い音を立てた。
やっぱり俺達の関係は"契約"。
改めて突きつけられたようで胸が痛かった。
紗衣に……そう感じさせていたことが……。
……っ……。

紗衣はずっと、俺の中のまひと戦ってきたのかもしれない。
　紗衣は綺麗に揃えた膝に、両手をついて唇を小さく噛んだ。
「私、間違ってた」
「……え？」
「自分だけが辛いと思ってた」
「…………」
「耀くんだって、辛かったのよね。……あんな忌まわしい事故、忘れたいはずなのに……」
　俺は、思いっきり首を横に振った。
　あの事故を忘れる資格なんて俺にはない。
　傷を見て、紗衣といて、俺は自分を戒めるのだから。
　いつの間にか周りの喧噪は消えていて、ここには俺達ふたりだけになっていた。
　伸びるふたつの影を見ながら問いかける。
「……いつまで、そっちで暮らすの……？」
「とりあえず、高校を卒業するまではいようと思う。その先は……まだ分からない」
「そう……」
「耀くん、もう自分を責めないで。あれは……不慮の事故だったの……」
「紗衣……」
「いいの……。こんな姑息なやり方で耀くんの心を縛っても、自分がみじめになるだけだってやっと気づいた。だっ

て……耀くんと羽鳥さんは、離れていても心の底で繋がっているんだもの。そんなの……分かっていたし、ほんとは半年以上も前から……こんな自分が嫌で仕方なかったっ……」

「…………」

「八神先生も一生懸命診て下さっているし、夏休みには形成手術もあるわ。腕だってリハビリでほら、こんなに伸びるようになったの」

　紗衣は、完全に伸びきらない腕を、俺に向かって一生懸命伸ばした。

「…………」

　涙が出そうになった。

　俺の前では、もう傷の話はしなくなっていた。

　紗衣なりに、俺達の関係がそんなもので繋がっていると思いたくなかったんじゃないだろうか……。

　あの橋でぶちまけたことはきっと本音。

　けど……。

　俺を本気で好きになってくれたから……。

　俺を苦しめるためだけに、ずっと一緒にいたわけじゃないと……。

　本当は、ずっとビクビクしていた。

　あの事故を起こしてから。

　どれだけ罵倒されるんだろう。

　この先、どれだけ償えば許してもらえるんだろう。

　俺はもう、自分のためには生きられない。

悔しいとか悲しいとか、そんな安っぽい感情さえ持てないくらいだった。
　けど……。
　初めて分かった。
　優しくされることが、一番辛いんだと。
「父と母には私からちゃんと話したから心配しないで。このことは両親は関係ないことだ……っ。……耀くん……？」
　どうしてだか分からない。
　俺は、紗衣を引き寄せ抱きしめていた。
「ごめん……」
　こんな俺で。
　これは、この紗衣と過ごして来た日々の分の"ごめん"。
「そんなことされたら、別れが辛くなっちゃうよ」
　紗衣の切なそうな声に、
「ごめん……」
　そっと肩を戻した。
　これは、感情のままに抱きしめた"ごめん"。
　今にも顔が歪みそうな俺とは対照的に、紗衣は笑顔だった。
「最後は笑っていたいの」
　……強いと思った。
　まひの影を忘れられず、"申し訳ない"……それだけの気持ちでつき合ってきた自分に腹が立って仕方ない。
　紗衣を本気で愛そうとしなかった。
　……愛せなかった。

「そろそろ行かないと」
　紗衣が、ゆっくり立ちあがる。
「ハイジャン……、頑張ってね」
　胸が張り裂けそうな俺を置いて、小さく手を振る。
「……ああ。ありがとう」
　最後まで凛とした顔を崩さなかった彼女の顔が、
「さよなら」
　後ろを向いた途端歪んでいたことなんて、俺は知らなかった……。

　翌日、担任は紗衣の転校を告げた。
　突然の転校にクラスメイトは騒然としたが、３日も経てば誰も紗衣のことを口にしなくなった。

第 6 章

伝える意味

【耀太】
「カンパーイ!!!」
　学校近くの定食屋さんで、ジュースの入ったグラスが高々と掲げられた。
　部活帰りにみんなでよく溜まっている、顔なじみの店主のいる店。
　金のない俺達にいつもサービスしてくれる、陸上部を贔屓(ひいき)にしてくれる店だ。
　今ここに、陸上部員が一堂に会している。
　あの事故から丸１年。
　今日はインターハイをかけた地区予選があった。
　去年に引き続き拓弥はインターハイ出場を果たし、俺は……。
「耀太！　挨拶しろよ！」
「ほらほら立ってー！」
　渋る俺を、両脇の奴らが抱えて無理に立ちあがらせる。
「ちょ……っ、おい……」
　人前は苦手じゃないけど、こういうのって、なんか照れる。
　全員の注目を一身に浴び、俺はボソボソと呟いた。
「今日は、どうもありがとうございます。えーっと……、次も、今日みたいに跳べたら心おきなく卒業できると思う

んで、応援よろしくお願いします」
　２位以下に圧倒的に差をつけ、文句なしでインターハイ出場を決めた。
　２メートル10センチ、自己ベスト更新のおまけつきだ。
　ガキのころは遠すぎて霞がかっていた栄光を手中にした気分は、やっぱり格別だった。
「つまんねーぞ、その挨拶ー」
「小学生かぁ!?」
　先輩からヤジが飛ぶ。
「相変わらずマイペースなんだからー」
　千夏先輩からも。
　卒業した懐かしい面々。
　陸上部ではない瞬やクラスの友達まで。
　俺達のために、わざわざ駆けつけてくれた。
　ほぼ貸しきり状態の狭い店内は熱気で溢れていた。
　次から次へと出される唐揚げやフライは、あっという間にみんなの胃袋へ。
　俺が俺がと争奪戦。
　今日のこれは、顧問のポケットマネーらしい。
　滅多にないこんな機会に、みんなはしゃいで騒ぎまくっている。
「ほらほら飲めよ」
　俺のグラスに、どんどんジュースを注いでいく連中。
「おっと！」
　なみなみと注がれ、零れそうになる水面に慌てて口を運

ぶ。
「ジュースっ腹で、食いモン入んねーつの！」
　御馳走が並んでいるのに食えやしない。
「水太りは厄介だぞ。今の状態、あと１ヶ月半キープしとけぇぇ！」
　顧問からはそんな声。
　……どーしろっつーんだよ……。
　俺は食えねーのかよ。
　頭を抱えながら、誰のためのパーティーだ？なんて客観的に周りを見渡した。
　みんないい顔して笑ってる。
　今日の地区大会に出場したのは、俺と拓弥のふたり。
　他の部員達は、県予選の時点で次々に敗退していった。
　自分のことみたいに悔しがって、喜んで。
　こんな高校の陸上部で、毎日一緒に汗水流してきた頑張り屋なヤツら。
　努力しても結果を出せなかったヤツも、あと一歩で県大会まで手が届かなかったヤツも。
　みんなみんな陸上を愛していた同志。
　緑ヶ浜陸上部の名前は、去年拓弥がインターハイへ出場したことで、一気に有名になった。
　受験倍率は、県立では稀な３倍。
　部員数もさらに膨れあがり、今では校内一の大所帯だ。
　どんな特別メニューがあるのか、どんな敏腕監督がいるのかと期待して入ってきた部員達は、唖然としていた。

なんの変哲もない、そこらの高校と変わらない陸上部だ。
　それでも一生懸命頑張る後輩たちに、俺や拓弥がコーチを買って出ることもあった。
　それはまったく苦じゃなかった。
　俺の大好きな陸上に、青春を懸けてくれる仲間がたくさんいることが嬉しかった。
「今年のインターハイは近場だもんな！　みんなで応援行くぜ。でっけー横断幕作って」
「恥ずかしいからやめろって」
　こういうのが嬉しくてたまらない。
　今の俺の支えはそんなヤツら。
　みんながいたから跳べた。
　俺が結果を出すことで、周りを笑顔にできるなら。
　いくらでも跳んでやる。
　俺の今の跳ぶ意味は、仲間だ。
　陸上部へ入って良かった。
　この仲間に出会えて良かった。
　インターハイに出場できることよりも、俺にとってはそっちの方が大きい。
　そのうち、バカな奴らが上半身裸になって変な踊りを始めた。
　女子からは『キャー』なんて悲鳴が上がっているし、店主からは『営業妨害だから出てけ！』なんて言われている。
「はははははは」
　最高なヤツら。

久しぶりに心の底から笑った。

「俺、紺野に告白された」
　ビックリするようなことを拓弥が言ったのは、最高潮に盛りあがっているそんなときだった。
「は？」
　痛いくらいに上がりっぱなしだった頬が、一瞬にしてしぼむ。
「紺野って、あの紺野凛!?」
「そう。紺野凛」
　ふいに目が行ったのは、少し離れたところで雑談している拓弥の彼女。
　毎年全ての大会の応援に駆けつけている彼女は、部員とももう顔なじみだ。
　つーか、紺野とも同じテニス部で、友達だったよな？
「俺、紺野の前でもノロケ話してたし、だから……、結構ビビった」
　そりゃあビビるだろうよ。
　俺だって今、鳥肌立ってる。
　っていうか、まだ信じられなくて本気で騙されてんじゃないかと拓弥の顔をガン見。
「でもさ、単純にすげー嬉しかったんだ。別に気分いいとかそんなんじゃなくて……。なんつーか……俺をそんなふうに見ててくれたんだ……って」
　拓弥の目はマジだった。

「あー……」
　分かる気がした。
　何回か告白されたことがあるが、それが誰であろうと嬉しかったから。
「紺野には悪いけど、すごい幸せな気持ちになれた」
「そうか……」
「気持ちに応えられないことが分かってて伝えてくれた紺野の勇気、見習いたい」
　拓弥が手でグラスをゆっくり回し、氷が心地良い音を奏でた。
　拓弥の気持ちにリンクするようなその氷を、俺も見つめる。
「紺野に教えてもらった気がするんだ」
「……ん？　なにを？」
「ただ、伝えるってことだけに、ものすごく意味があること」
「……意味？」
「分かるか？」
「…………」
　ぎこちなく首を傾けた俺に、
「……伝えろ」
　たった4文字のその言葉に。
　自分の顔が強張ったのが分かった。
　胸がドクンと鳴る。
　これは、俺がまひを求めている音。
　まひに拒まれ、紗衣に去られ。

あれから俺は、仲間のためだけに跳ぼうと必死でやってきた。
　まひへの想いを絶とうと思った。
　なのに。
　ダメだと分かっているのに。
　気持ちはもっともっと、膨らんでいく……。
「何度も告白して彼女を射止めた拓弥が言うには、説得力ありすぎる言葉だよな」
　つい、拓弥マジックに掛かりそうになり、目をそらしながら拓弥の実体験を持ちだして茶化した。
　拓弥はそんなけしかけには乗らず、表情を崩さない。
「このタイミングだから、とか思うなよ？　広瀬さんのことは抜きにして考えろ」
「知った口利くなよ……」
　俺は伝えることすら許されない男。
　中途半端にキスして。
　中途半端に気持ち伝えようとして。
　中途半端にふられて。
　カッコ悪い俺。
　紗衣と別れたからって、紗衣への罪が消えたわけじゃない。
　……まひもあんなに苦しめて。
　そんな俺が、今さらどの面下げて気持ちを伝えられるっつーんだよ……。
「なにがインターハイ跳んで心おきなく卒業だ。カッコつ

けやがって」
「つけたってカッコ悪いし……」
「…………」
「…………」
「……耀太のバカヤロウ」
「……知ってる」
　俺はグラスに入ったウーロン茶を、一気飲みした。

ラストチャンス

　3年生にもなると、やっぱり去年までのようにのんびりした気分じゃいられなかった。
　みんな進路を真剣に考え始めているし、それはあたしも凛ちゃんも例外じゃない。
　お母さんが看護師の凛ちゃんは、同じく看護師の道へ進むという。
　希望する大学へ入るために予備校にも通い始めた。
　あたしも……。
　自分の夢を描き始めていた。
　去年はただ漠然と、短大へ進学と書いた進路調査票。
　今年はそこに、ハッキリとした進路を書いた。
　夢は……"幼稚園教諭"。
『幼稚園の先生とかむいてそー』
　……耀くんの言葉。
　それもひとつのきっかけ。
　けど、それが全てじゃない。
　将来の職業にしたいと決意するまでたくさん考えた。
　耀くんの言葉は、悩んでいる間、ずっと背中を押しつづけてくれた。
　そして導きだした答えなんだ。
　最近は毎日ピアノ漬け。
　調律が必要なほどご無沙汰しているピアノに向かって、

今さらバイエルを猛特訓(もうとっくん)。
　小6で途切れたあたしの指は、なかなか言うことを聞いてくれないんだけど……。

　夏休み初日、あたしは進路指導室にいた。
　色んな資料や過去問などがあって、夏休みも好きなときに出入りできる。
　前々からゆっくり資料探しがしたいと思っていて、涼しい時間に……と朝一で訪れたんだ。
　さすがに初日から来る人はいないのか、貸しきり状態。
　幼児教育科のある短大を特集した本。
　幼児教育関連の書物。
　それらを読もうと本棚に手を伸ばす。
　グラウンドからは、相変わらず賑やかな声が聞こえていた。
　陸上部も3年生は引退。
　けれど、インターハイに出場する耀くんと拓弥くんだけは、毎日グラウンドで汗を流しているみたいだった。
　夏休みに入る前、体育館で壮行会が行われた。
　耀くんはキラキラ輝いていて、あたしにはもう手の届かない人だと思った。
　広瀬さんと別れても、耀くんはずっと跳びつづけていた。
　別れの理由、これからのふたり、詳しいことは分からないけど、きっと耀くんは広瀬さんのためにハイジャンを続けているんだよね……。

跳ぶ姿を見る勇気はまだ持てない。
　でも、胸の中にしっかり記憶されているから。
　あたしは、それだけでいいんだ……。

　漁るように色んな本を見ていると、
　——ガチャ。
　扉が開いて誰かが入って来た。
　背後で本をパラパラめくる音が聞こえる。
　何気なくチラッと横目で見ると。
「……っ……！」
　……息をのんだ。
　そこにいたのは、耀くんだったから。
　部活のために来たのか、でもまだ制服姿で。
　と同時。
　耀くんがあたしに視線を投げた。
「あ……」
　そして。
「それ……」
　耀くんの目線は、抱えられたあたしの本に。
　その目は一瞬驚いたように見えて。
　あっ……。
　バレちゃったかな。あたしの夢……。
　気まずくて俯いたあたしに。
　耀くんは優しい声で言った。
「……天職だと思う」

胸がトクン、と鳴る。
　淡い初恋を呼び起こしたみたいな感覚が、あたしを包んだ。
　忘れたフリは所詮フリ。
　諦めるなんてできなかった。
　あの日、あの場所で、あたしから突き放した。
　その、相手に。
　眩しくて優しい笑顔を向けてもらう。
　ただそれだけで、涙が零れそうになる。
「夢を見つけられたのも、耀くんのおかげ。……ありがとう」
　なんとか涙をこらえて言葉にすると、
「俺は……なにも」
　耀くんは照れたように笑った。
　緑ヶ浜陸上部のヒーローじゃなくて、あたしが好きになった、たったひとりの男の子。
　その笑顔が、幼い笑顔に被って、
「……優飛ちゃん……元気？」
　あたしにそんな言葉を言わせていた。
「ああ。幼稚園に入ってますますやんちゃになって参ってるよ」
　耀くんは、いつか見たお兄ちゃんの顔になる。
「そっか。もう幼稚園生になったんだ」
「でも……」
「……ん？」
「たまに、まひに会いたいって言う……」

「……ごめんね。また遊ぶって約束したのに」
　結局、口約束だけになっちゃった。
　気にはなっていたけど、耀くんと優飛ちゃんを切り離して考えることができなかった、身勝手なあたしの都合。
"大人は約束を守らない"
　あんな無垢で純真な優飛ちゃんにそんな悲しい概念を植えつけちゃったなら、それはあたしのせい。
「まひが幼稚園の先生になること知ったら、きっと喜ぶ」
　沈んだあたしの声なんて聞こえなかったかのように、そんなことを言ってくれる耀くん。
　その優しさで、胸が温かくなる。
「だから、頑張って。まひならきっと、いい先生になれる」
　日焼けした顔から零れる白い歯。
「……っ」
　安易に使いたくないと思っていた"頑張って"。
　誰でも使える一番単純で簡単なエール。
　だからこそ去年の夏、リハビリを一生懸命頑張っている耀くんには、一度もその言葉を掛けなかった。
　……だけど。
　それは、あたしの心が歪んでいただけだったのかな。
　余計なことなんて考えずに、本当に相手を応援する気持ちがあれば自然と出てくる言葉。
　そして受け取る側の心が真っ直ぐだったら、それは勇気になり、力となる。
　……だって、今、あたしものすごく嬉しいから。

頑張れってエールが、心を震わせるほど嬉しいの……。
　胸の中には温かいものが流れてる。
　じわりじわりと、胸の中全てを満たすように。
　この言葉がこんなにも嬉しいものだなんて、あたし、知らなかったよ。
「ありがとう……」
　耀くんからの"頑張って"。
　それを、大切に大切に胸の奥へしまった。
「俺さ……」
　耀くんが少し遠慮がちに口を開く。
「インターハイ出場が決まったんだ」
「うん。おめでとう」
　壮行会では、その他大勢として拍手を送っていただけ。
　こうして、直接お祝いの言葉を掛けられるなんて……。
　それが嬉しくて、自然と笑みが零れた。
　本当は、誰よりも先に……おめでとうを言いたかったんだよ……。
「一応……ガキの頃から夢見てた大会だから、今は素直に嬉しい」
　噛みしめるように言う耀くんの言葉を、頷きながら聞いた。
　耀くんがハイジャンを捨てないで良かった。
　跳ばせてくれた広瀬さんには、感謝の思いでいっぱい。
　たくさんの葛藤と、困難と迷い、結局それは全てプラスの方向へ耀くんを導いてくれた。

あたしは、遠くからずっと見守っていたよ……。
「じゃあ……、耀くんは、推薦だよね？」
　耀くんの手の上に広げられていた、大学の本を見つめる。
「ああ。声掛けてもらっている大学があって。ちょっと見てみようと……」
「Ｓ大……？」
　それはオリンピック選手を多く輩出している、日本屈指の陸上の名門大学だ。
「ああ。多分決めると思う」
　耀くんは、パタンと本を閉じた。
　こんなふうに、穏やかに話せるのが不思議だった。
　今度こそ本当に、元のあたし達には戻れない、そう覚悟していたから。
　あの日に気持ちをぶつけあったあたし達じゃない。
　全て洗い流して、出会ったころのように純粋に向かいあえている。
　ただ、ここに偽りの気持ちがあるとすれば。
　好きという気持ちを抑えていることだけ……。
「……あのお守り……」
　そのとき、耀くんがふいに出した言葉に。
「えっ……」
　あたしは耳を疑った。
「あのお守り、すごいご利益あるみたい」
「え……？」
「おかげで、地区予選では自己ベスト更新」

そう言って耀くんはピースした。
「お守り……？」
「ああ。まひから貰ったあのお守り」
「…………」
「俺の今、一番大切なもの」
「……っ」
　なにも考えられないくらい頭が真っ白になって、ただ涙が溢れた。
　あれは、全てを狂わせた引き金となったもの。
　とっくに捨てられたと思っていた。
　なのに。
　それが。
　まだ、耀くんの手元にあったなんて。
「もちろん、インターハイにも連れてく……」
　あたしの罪を溶かしてくれる耀くんの言葉に、涙が何粒も落ちて行く。
　耀くんの右手が微かに上がった。
「……っ……」
　……そんなふうに見えた右手は、また腰の脇に戻され、なにかをこらえるようにグッと握られた。
　……その手で今、あたしに触れようとしてくれたんだよね。
　そんな咄嗟の行動が、また新しい涙を誘う。
　耀くんは背を向けて本棚に本を戻す。
「……8月の第2日曜日、ハイジャン決勝」

「…………」
「……なんて」
「…………」
「ただのひとり言……」
　本を奥に押し込むと、耀くんは静かに部屋をあとにした。
　ひとり言、だなんて。
　……ずるい。
　そんなのって、ずるいよ、耀くん……。

【耀太】
　ドアを閉めてそこに背をつけた。
　部室へ行こうとしたときに、廊下でまひを見かけた俺は、無意識にあとを追っていた。
　どうしても、まひに伝えたくて。
　今でも、あのお守りが俺に力を与えてくれているということを……。
「ふぅ……」
　軽く息をひとつ吐く。
　俺は、胸が熱くなるのを感じていた。
　まひの進路に。
　まひが幼稚園の先生を目指すのか……。
　率直に感じたまま放ったひと言が、まひの人生に大きな影響を与えたなんて。
　責任というより、喜びだった。

まひが選んだ道に、どこかで微かな期待を拭えなくて。
まひが涙を零したとき、咄嗟に触れようとした俺。
受け流すことも、歩幅を合わせることも。
感情だけでは動けない世の中の摂理を知った。
それでも……、まひのことになると、感情のコントロールが利かなくなる。
俺の犯した罪は変わらなくても、やっぱり俺はまひが好きだ。
紗衣にあんな決断をさせたくせに、結局俺は弱い人間で、この想いを捨てきれなかったんだ……。
今日もこれから炎天下で、厳しい練習が待っている。
部室に行き、着替えを済ます。
ロッカーに掛けられたユニフォーム。
試合用のユニフォームの右端に縫い込まれているお守りに……そっと、触れた。
本大会まであと2週間。
来てほしい。
見てほしい。
俺の跳躍を。
これが、ラストチャンスだ。
もし、まひが来てくれたなら……。
ずっと秘めていた想いを口にしたい。
今度こそ、必ず伝えるから。
俺たちの間で、交わせなかった言葉を……。

きみが、好き

　その日は、朝からよく晴れていた。
　大会を見に行くか見に行かないか迷っている暇もないままに、凛ちゃんのひと言であっさり行くことが決まった。
『拓弥の走り、最後に見たい』
　それは、きっと80％の嘘と20％の本音。
　そう言えば、あたしが絶対に断らないと知っているから。
　去年と違い、近場で行われるインターハイ。
　見に行く気になれば行ける。
　高校最後の試合。
　耀くんの跳躍を見られるラストチャンス。
　……見に行きたいに決まっている。
　けど、素直な決断ができないあたしを、凛ちゃんは見抜いていたんだよね。
『ふたりでひっそり見よう』
　凛ちゃんはそう言っていたのに……。
「拓弥〜！　耀太〜！」
　競技場に着き、緑ヶ浜陸上部を発見した凛ちゃんは、その人込みに向かって走って行った。
　えっ……!?
　ひっそり見るんじゃなかったの!?
　1秒で有言不実行にした凛ちゃんに唖然。
　この状況で、あたしだけポツンと残るわけにもいかなく

て、おずおずとその輪に近づいていく。
「おーっ！　紺野！　来てくれたんだ！」
「当ったり前でしょ!?　友達だもんっ」
　……友達。
　そう会話する凛ちゃんに、拓弥くんへの"恋"というピュアな想いがあったなんて、誰が想像するかな。
　お互い気まずくなることもなかったのは、拓弥くんの優しさで、凛ちゃんの強さなんだと思った。
　後悔のない告白。
　凛ちゃんが出した答えは、やっぱり間違いじゃなかった。
「おっ！　羽鳥も来てくれたんだ！」
「ああ……。うん」
　自然とあたしを入れてくれるために輪が広がり、ぎこちなく一歩前へ出た。
　多分、見てる。
　視線を、感じる。
　だから顔を上げられない。
　あのときの言葉で、来たと思ってる……？
「あたし達、西ゲートの上の方で見てるから！」
　拓弥くんの隣にいる美月ちゃんにも手を振り、あたし達はスタンドへ移動した。
「ここがベスポジらしいよー」
　そう言いながら椅子に腰かけた凛ちゃんは、
「なーに。ドキドキしちゃった？」
　ほんとにドキドキが収まらないあたしの顔を覗き込ん

だ。
「ちょっと……、やめてよ……」
　もう、バレバレだし。
　あたしのために連れて来たって。
　相変わらず凛ちゃんの目には、あたしはもどかしく映るようで、こうやって冷やかしては面白がる。
　気持ちを伝えることを急がせないのは、広瀬さんと耀くんが別れたのが大きな要因だと思う。
　こうやって笑いながらも、あたしのことをいつも見守ってくれている。
　……ありがとう、凛ちゃん。おかげで、あたしはこの場所に来ることができたんだよ……。
　一度は見てみたかった、大観衆の中で跳ぶ耀くんの姿。
　最初で最後だけど、しっかりこの目に焼きつけよう。

　決勝に登場した拓弥くんは、去年よりも順位を落としてしまった。
　涙はなかった。
　スタンドの仲間に深々と一礼した拓弥くんは、すがすがしい笑顔に溢れていた。
　声を上げながら涙している美月ちゃんの肩を、優しく撫でていたのは凛ちゃん。
　同じく肩を震わせて、静かに頬を濡らしながら。
　その涙は、とても綺麗だった。
「いよいよだね」

プログラムを見れば、もう少しでハイジャンの決勝。
耀くんの高校生最後の試合。
凛ちゃんの言葉が、より一層緊張を高めた。
「あたし、トイレ行って来ようかな……」
　そわそわして、いてもたってもいられない心を、凛ちゃんは見透かしていたみたい……。
　温かい手で、落ち着かないあたしの手をそっと握ってきた。
「まひろ……」
「…………」
「ちゃんと見届けよう？」
　手に力が加わる。
「強く、大きく成長した耀太」
「…………」
「いっぱい挫折があったけど、結局この場所に立ってる。始めから耀太はここへ来る運命だったんだよ」
　耀くんのハイジャン人生は、決して平坦じゃなかった。
　才能があるのに、あと一歩のところで手のひらから零れて行く栄光。
　悔し涙なんて、あたしの想像じゃ及ばない。
「この場所が、耀太を選んだの」
「……凛ちゃん……」
　二度の怪我を乗り越えた奇跡のジャンパーは、この大会で一番の注目を集めていた。
　高校記録が生まれるかもしれない、そんな期待から記者

たちもカメラを構える位置取り争いに忙しい。
　多分、今日も朝からずっと記者に追われていたんだろうな。
「今日の耀太、きっと誰よりもカッコイイ」
「……そのセリフ、あたしの……」
　ちょっと妬けた。
　思っていることも全部言われた。
　だから、素直にそんな言葉が出た。
「ははっ、そうそうその調子!!」
　すっかりハメられて、つい本音が出たあたしを凛ちゃんが笑った。

　アナウンスが流れ、招集ゲートにハイジャンの選手たちが集まり始める。
　いよいよ……耀くんが……。
　あたしの指が強張る度に、凛ちゃんの温かい手に力が込められた。
　神経が研ぎ澄まされていたせいか、携帯が鳴っているのにも気づかなかった。
「まひろ、電話鳴ってる」
　凛ちゃんにそう言われ、どちらからともなく離した手でカバンから携帯を取りだす。
　こんなときに誰？
　本当は、グラウンドから目を離したくない。
　それでも鳴りつづける携帯を無視できず、グラウンドと

携帯、交互に目線を送ると、
「……っ」
　二度見してしまう名前が点滅していた。
　着信"八神耀太"。
　……夢かと思った。
　こんなときに、どうして？
　鳴っている携帯を呆然と見つめていると、
「えっ!?　耀太!?　マジッ!?」
　隣から覗き込んできた凛ちゃんが大声をあげて、
「早く出ないと！　切れちゃうよっ!!」
　あたしの手首をつかんだ。
　──ピッ。
　その動作に驚いて押した通話ボタン。
　1秒……2秒……3秒……。
　通話時間が、画面に表示されていく。
　あたしと耀くんを繋ぐカウント。
　今さらあと戻りできない。
　震える呼吸を繰り返しながら、ゆっくり携帯を耳につけた。
『……もしもし』
「…………」
『もしもし……まひ……？』
　周りの雑音が全て遮断されて、聞こえるのは耀くんの声だけ。
「……うん」

『良かった……。出てくれて……』
　それは、心地よく耳を震わせた。
　本当なら今ごろは。
　精神を統一させて、気持ちを高めて……。
　耀くんはその熱を感じさせないように静かに話す。
『今、どこにいる……？』
「えっと、ここは……」
　自分の居場所を確認しようとすると
「西ゲート階段脇すぐ横。前から５列目!!」
　そんな拙いあたしの動作で把握してくれた凛ちゃん。
　すかさず、耀くんの質問に横から答えてくれた。
『……聞こえたし』
　耀くんが少し笑う。
　そして、
『通路脇まで出て来れない？』
　あたしは弾かれたように席を立った。
　一目散に向かったのは、熱く焼けた手摺の前。
『そこから見下ろして？』
　耀くんからはあたしが見えているのか、手摺にしがみついてキョロキョロしたと同時。
　言われたままに、目線を下げた。
　……そこには。
　青いユニフォームに身を包んだ耀くんが、携帯を耳に押し当てながらこっちを見上げていた。
　――トクンッ。

『最後の試合前に、どうしても伝えたかったことがある』
　5メートルほど先から刺さる、彼の真っ直ぐな瞳。
　さっきは見られなかった耀くんの顔を正面から見て、あたしの鼓動はさらに激しさを増した。
　焼けた肌。
　たくましい腕。
　そして……。
　ユニフォームから伸びた足には、今もなお残っている生々しい傷痕。
　それを隠さないのは、あの事故から目をそらさない証。
　耀くんの強さ。
　あの出来事は、きっと耀くんを強くした。
　……涙が、溢れる。
『この決勝、まひのために跳ばせてくれないか？』
　トクン……トクン……。
　強い鼓動が心を震わせた。
『俺は、まひのために跳びたい』
　その言葉が胸の奥に響くのは、決意に満ちた瞳があるから。
　やっぱり耀くんはいつだってストレートで、あたしの心を簡単にさらっていく。
　今日も。
　目に溢れた涙は今にも零れそうで、耀くんの顔はハッキリ見えないけど、声だけは聞き逃さないように、携帯をきつくきつく耳に押し当てた。

『俺の跳ぶ意味は、まひだ』
"俺の跳ぶ意味、分かったから"
　忘れもしない、1年前に聞いた言葉。
　あの日の決意は……。
『だから今度こそ、見てて』
　それはきっと、1年前に果たしそびれた約束。
　こんなにも想ってくれる耀くんに、あたしはなんて言葉を掛ければいいんだろう。
　これから大舞台へ挑む彼へ……。
　でも。
　あたしの想いだってひとつ。
　だから。
「……てないよ……」
　思いっきり息を吸って。
「……初めから、耀くん以外見えてないっ……!!」
　飾りもしないストレートな気持ちを、言葉に乗せた。
　温めてきた気持ち。
　素直な気持ち。
　入学したてのあの日から、ずっとそうだった。
　追い求めていた"影"が耀くんで、あたしは耀くんに恋する運命だと思った。
　でも、そんな運命なんかきっとなくて。
　運命があるとすれば、好きになっちゃいけない運命だったと思った。
　けど、運命とかじゃなくて、耀くんに恋することは、必

然だったんだ……。
　ポロポロと零れた涙は瞼を軽くし、また耀くんの姿をはっきり映しだした。
　耀くんは、笑っていた。
　そしてあたしをじっと見つめて言う。
『俺はまひが……好きだ……』
　それは。
　いつだってストレートだった耀くんの、最上級に真っ直ぐな言葉で。
　一番、ほしかった言葉。
　聞くことは許されているのか分からない。
　それでも、もう止めなかった。
　見失って、迷って。
　それでも諦めきれなかった気持ち。
　あたしはもう、耀くん以外見えない。
　耀くん以外好きになれない。
　──だから。
「あたしも好き……。耀くんが……好き……。……大好きっ!!!!」
　最後は、携帯を耳から離して大声で叫んだ。
　見られているとか。
　大勢の人の前だとか。
　そんなのどうでも良かった。
　ただ、目の前の耀くんに伝えたかったの。
　あたしの声で。

呆気(あっけ)に取られた耀くんと、その視界の中で立ち止まる人々。

どよめきが聞こえる。

でも関係ない。

好きでいることを許される喜び。

好きって言える幸せ。

それを全身で感じたくて。

体中から溢れだす"好き"を、耀くんに届けたんだ。

『ありがとな、まひ』

同じく携帯を耳から外した耀くんの口がそう動いて、親指を上に突きあげた。

クシャクシャにした無邪気な笑顔で。

想いを貫いてくれた耀くんと、諦められなかったあたし。

どちらが欠けてもダメだった。

だから、やっぱりこれは。

……運命だったのかな……。

耀くんを好きになって、本当に良かった。

「耀くん！　頑張ってね!!　あたしここで見てるから！」

次にあたしが返したのは、天才ジャンパーへの、心の底からの熱いエールだった。

耀くんは、招集場所まで静かに歩いて行く。

最前列から見守った。

耀くんの名前がアナウンスされ、両手を上げた耀くんが、ビジョンいっぱいに映しだされる。

迷いもなにもない、自信だけに満ち溢れた顔で。
　暑い夏の太陽が、耀くんを輝かせる。
　耀くんが一番輝けるこの場所で、一番輝いている彼だけを真っ直ぐ見つめた。
　あたしはこの瞬間、ここにいたことをきっと一生忘れない。

　両手を上げて観客に手拍子を求める。
　会場が一体になる。
　耀くんは、大きく息を吐いて。
　ユニフォームの右脇をギュッと握りしめた。
　……ゆっくり助走を始める。
　真っ青な空、そしてこれから始まる、あたしたちの未来へと続く道へ──。

【fin】

あとがき

　このたびは、「きみに、好きと言える日まで。」をお手に取ってくださり、本当にありがとうございます。
　作者のゆいっとです。

　この物語はかなり前に書いたもので、書籍化のお話を頂いたときはとても驚きました。
　執筆当時、小学１年生だった娘が中学生になったのですから、時の流れを感じます。

　タイトルの通り、この物語は『好き』を伝える難しさをテーマに書きました。
　両想いなのに、気持ちを伝えられないまますれ違ってしまうふたり。
　それでもお互いの存在を強く感じながら、夢に向かって突き進もうとしたふたり。
　そして、お互いが想いを貫き、諦めなかったからこその結末です。
　また、凛のように叶わないと分かっていても、想いを伝えることには必ず意味があるはずです。
　芽生えた想いは大切に……そんな願いも込めました。

　ひたすらに、ピュアで等身大なふたりを描いた物語。

あとがき

　心を込めて綴ったこの物語を書籍にしていただき、感謝の想いでいっぱいです。

　書籍化にあたり、ご尽力いただき大変お世話になりました相川さま、早川さま。この物語を見つけて下さった飯野さま。スターツ出版の皆さま、関係各位の皆さま。
　物語の世界観を見事に表現した、素敵なカバーを描いて下さった沙藤しのぶさま。
　本当にどうもありがとうございました。

　そして、日頃から私の作品を読んで応援して下さる読者さま。いつもありがとうございます。遅筆ではありますが、これからも少しでも皆さまに楽しんでもらえる作品をお届けできるよう、精進していきます。

　このお話が、好きなひとに『好き』を伝えられるきっかけになってくれたら。
　今、恋をしている子の背中を少しでも押せたら、とても幸せに思います。

2017.07.25　ゆいっと

この物語はフィクションです。
実在の人物、団体等とは一切関係がありません。

ゆいっと先生への
ファンレターのあて先

〒104-0031
東京都中央区京橋1-3-1
八重洲口大栄ビル7F

スターツ出版(株)書籍編集部 気付
ゆいっと先生

きみに、好きと言える日まで。
2017年7月25日 初版第1刷発行

著　者	ゆいっと
	©Yuitto 2017
発行人	松島滋
デザイン	カバー　平林亜紀（micro fish）
	フォーマット　黒門ビリー＆フラミンゴスタジオ
ＤＴＰ	朝日メディアインターナショナル株式会社
編　集	相川有希子
	早川恵美子
発行所	スターツ出版株式会社
	〒104-0031 東京都中央区京橋1-3-1　八重洲口大栄ビル7F
	ＴＥＬ　販売部03-6202-0386（ご注文等に関するお問い合わせ）
	http://starts-pub.jp/
印刷所	共同印刷株式会社

Printed in Japan

乱丁・落丁などの不良品はお取替えいたします。上記販売部までお問い合わせください。
本書を無断で複写することは、著作権法により禁じられています。
定価はカバーに記載されています。

ISBN 978-4-8137-0290-0　C0193

ケータイ小説文庫　2017年7月発売

『悪魔くんとナイショで同居しています』　＊菜乃花＊・著

平和な高校生活を送っていた奏は、ある晩、いじめられっ子が悪魔を召喚しているのを目撃する。翌日、奏のクラスに転校してきた悪魔・アーラに、正体を知る奏は目をつけられてしまった。毎晩部屋に押しかけてきては、一緒に過ごすことを強要され、さらには付き合っているフリまでさせられて…？

ISBN978-4-8137-0288-7
定価：本体590円＋税

ピンクレーベル

『俺様王子とKissから始めます』　SEA・著

高2の莉乙は、「イケメン俺様王子」の翼に片思い中。自分の存在をアピールするため莉乙は翼を呼び出すけど、勢い余って自分からキス！　これをきっかけに莉乙は弱味を握られ振り回されるようになるが、2人は距離を縮めていく。だけど翼には好きな人がいて…。キスから始まる恋の行方は⁉

ISBN978-4-8137-0289-4
定価：本体590円＋税

ピンクレーベル

『南くんの彼女（熱烈希望!!)』　∞yumi＊・著

高2の佑麻は同じクラスの南くんのことが大好きで、毎日、佑麻なりに「好き」を伝えるけど、超クール男子の南くんはそっけない態度ばかり。でも、わかりにくいけど優しかったり、嫉妬してきたりするじれ甘な南くんに佑麻はドキドキさせられて⁉　野いちご大賞りぼん賞受賞の甘々ラブ♥

ISBN978-4-8137-0287-0
定価：本体590円＋税

ピンクレーベル

『世界から音が消えても、泣きたくなるほどキミが好きで。』　涙鳴・著

高2の愛音は耳が聞こえない。ある日、太陽みたいに笑う少年・善と出会い、「そばにいたい」と言われるが、過去の過ちから自分が幸せになることは許されないと思い詰める。善もまた重い過去を背負っていて…。人気作家・涙鳴が初の書き下ろしで贈る、心に傷を負った二人の感動の再生物語！

ISBN978-4-8137-0291-7
定価：本体640円＋税

ブルーレーベル

ケータイ小説文庫　好評の既刊

『いつか、このどうしようもない想いが消えるまで。』 ゆいっと・著

高2の美優が教室で彼氏の律を待っていると、近寄りがたい雰囲気の黒崎に「あんたの彼氏、浮気してるよ」と言われ、不意打ちでキスされてしまう。事実に驚き、キスした罪悪感に苦しむ美優。が、黒崎も秘密を抱えていて——。三月のパンタシアノベライズコンテスト優秀賞受賞、号泣の切恋!!

ISBN978-4-8137-0240-5
定価：本体590円+税

ブルーレーベル

『恋色ダイヤモンド』 ゆいっと・著

野球部のマネージャーになった高1の瑠依は、幼なじみでずっと好きだった佑真と学校で再会する。エース・佑真のおかげで野球部は甲子園へ行けることになるが、瑠依に襲い掛かった悪夢のような出来事がきっかけで、瑠依と佑真、そして野球部の関係が少しずつバラバラになり…。ラストは感動の涙!!

ISBN978-4-88381-959-1
定価：本体580円+税

ブルーレーベル

『涙があふれるその前に、君と空をゆびさして。』 晴虹(はるな)・著

咲夜は幼い頃、心臓病を抱える幼なじみの麗矢が好きだった。しかし、咲夜は親の再婚で町を去ることになってしまい、離れ離れに。新しい家庭は父の暴力により崩壊し、母は咲夜をかばって亡くなった。ボロボロになった15歳の咲夜は再び町に戻り、麗矢と再会するが、麗矢には彼女がいて……。

ISBN978-4-8137-0273-3
定価：本体590円+税

ブルーレーベル

『もし明日が見えなくなっても切ないほどにキミを想う。』 柊 湊(ひいらぎみなと)・著

片目の視力を失い、孤独な雪那は、毎日ただ綺麗な景色を探して生きていた。ある日、河原で携帯を拾い、持ち主の慧斗と出会う。彼は暴走族の総長で、雪那に姫になるように言う。一緒にいるうちに惹かれあう二人だけど、雪那はもうすぐ両目とも失明することがわかっていて…。切ない恋物語！

ISBN978-4-8137-0274-0
定価：本体590円+税

ブルーレーベル

ケータイ小説文庫 好評の既刊

『新装版 この涙が枯れるまで』 ゆき・著

高校の入学式の日に出会った優と百合。互いに一目惚れをした2人は付き合いはじめるが、元カレの存在がちらつく百合に対し、優は不信感をぬぐえず別れてしまう。百合を忘れようと、同じクラスのナナと付き合いはじめる優。だけど、優も百合もお互いを忘れることができなくて…。

ISBN978-4-8137-0258-0
定価:本体600円+税

ブルーレーベル

『星の涙』 みのり from 三月のパンタシア・著

友達となじめない高校生の理緒。明るくて可愛い親友のえれなにコンプレックスを持っていた。体育祭をきっかけにクラスの人気者・颯太と仲良くなった理緒は、彼に惹かれていく。一方、颯太はある理由から理緒のことが気になっていた。そんな時、えれなが颯太を好きだと知った理緒は…。

ISBN978-4-8137-0259-7
定価:本体590円+税

ブルーレーベル

『涙空 上』 白いゆき・著

高1の椎香は、半年前に突然別れを告げられた元カレ・勇人を忘れられずにいた。そんな椎香の前に現われたのは、学校一のモテ男・渉。椎香は渉の前では素直に泣くことも笑うこともでき、いつしか渉に惹かれていく。そんな時、勇人が別れを切り出した本当の理由が明らかになって…。

ISBN978-4-8137-0225-2
定価:本体530円+税

ブルーレーベル

『涙空 下』 白いゆき・著

自分の気持ちにハッキリ気づいた椎香は、勇人と別れ、渉へ想いを伝えに行く。しかしそこで知ったのは、渉がかかえるツラい過去。支え合い、愛し合って生きていくことを決意したふたり。けれど、さらに悲しい現実が襲いかかり…。繰り返される悲しみのあとで、ふたりが見たものとは――?

ISBN978-4-8137-0226-9
定価:本体530円+税

ブルーレーベル

ケータイ小説文庫　好評の既刊

『新装版　白いジャージ』reY・著

高校の人気の体育教師、新垣先生に恋した直。家族や友達とのことを相談していくうちに、気持ちがあふれ出して好きだと伝えてしまう。一度は想いを通じ合わせた先生と直だが、厳しい現実が待ち受けていて…。先生と生徒の恋愛を描いた大ヒット人気作が、新装版となって登場！

ISBN978-4-8137-0271-9
定価：本体590円+税

ピンクレーベル

『山下くんがテキトーすぎて。』柊乃・著

ハイテンションガールな高2の愛音は、テキトーだけどカッコいい山下くんに一目ボレしたけど、山下に友達としか思われていないと諦めようとしていた。しかし、パシったり、構ったりする山下の思わせぶりな行動に愛音はドキドキする。そんな中、爽やかイケメンの大倉くんからも迫られて……？

ISBN978-4-8137-0272-6
定価：本体590円+税

ピンクレーベル

『新装版　狼彼氏×天然彼女』ぱにぃ・著

可愛いのに天然な実紅は、全寮制の高校に入学し、美少女としか入れない「レディクラ」候補に選ばれる。しかも王子様系イケメンの舜と同じクラスで、寮は隣の部屋だった‼　舜は実紅の前でだけ狼キャラになり、実紅に迫ってきて⁉　累計20万部突破の大人気作の新装版、限定エピソードも収録‼

ISBN978-4-8137-0255-9
定価：本体590円+税

ピンクレーベル

『だから、俺にしとけよ。』まは。・著

高校生の伊都は、遊び人で幼なじみの京に片思い中。ある日、京と女子がイチャついているのを見た伊都は涙ぐんでしまう。しかも、その様子を同じクラスの入谷に目撃され、突然のキス。強引な入谷を意識しはじめる伊都だけど…。2人の男子の間で揺れる主人公を描いた、切なくて甘いラブストーリー！

ISBN978-4-8137-0256-6
定価：本体580円+税

ピンクレーベル

ケータイ小説文庫　2017年8月発売

『岡本くんの愛し方』宇佐南 美恋・著

親の海外転勤のため、同じ年の女の子が住む家に居候することになったすず。そこにいたのはなんと、学校でも人気の岡本くんだった。優等生のはずの彼は、実はかなりのイジワルな性格で、能天気なすずはおこられっぱなし。けど、一緒に暮らしていくうちに、彼の優しい一面を発見して…。
ISBN978-4-8137-0304-4
予価：本体 500 円＋税

ピンクレーベル

『新装版 続・狼彼氏×天然彼女』ばにぃ・著

可愛いのに天然な実紅は、王子の仮面をかぶった狼系男子の舜と付き合うことに。夏休みや学園祭などラブラブな日々を過ごすが、ライバルが出現するなどお互いの気持ちがわからずすれ違ってしまうことも多くて…？　累計20万部突破の大人気シリーズ・新装版第2弾!! この本限定の番外編も収録♪
ISBN978-4-8137-0312-9
予価：本体 500 円＋税

ピンクレーベル

『さよなら、涙。』稀音りく・著

美春は入学してすぐに告白された亮介と交際中。しかし、彼の気持ちが自分にむいていないことに気づいていた。そんな中、落としたメガネをひろってくれた「アキ」と呼ばれる男子が気になり、探し始める美春。彼は、第3校舎に通う定時制の生徒だった。だんだん彼に惹かれていく美春だが…。
ISBN978-4-8137-0305-1
予価：本体 500 円＋税

ブルーレーベル

『星の数だけ、君に愛を。(仮)』逢優・著

中3の心咲が違和感を感じ病院に行くと、診断結果は約1年後にはすべての記憶をなくしてしまう、原因不明の記憶障害だった。心咲は悲しみながらも大好きな彼氏の瑠希に打ち明けるが、支える覚悟がないとフラれてしまう。心咲は心を閉ざし、高校ではひとりで過ごすが、優しい春斗に出会って…？
ISBN978-4-8137-0306-8
予価：本体 500 円＋税

ブルーレーベル

書店店頭にご希望の本がない場合は、
書店にてご注文いただけます。